日本文学的文化意境

王姗姗 编著

中国纺织出版社

图书在版编目（CIP）数据

日本文学的文化意境 / 王姗姗编著. -- 北京：中国纺织出版社，2018.7（2024.2重印）
　　ISBN 978-7-5180-3303-4

　　Ⅰ.①日… Ⅱ.①王… Ⅲ.①日本文学－文学研究 Ⅳ.① I313.06

中国版本图书馆 CIP 数据核字 (2017) 第 025552 号

责任编辑：汤　浩　　　　　　　　　　　　　　　责任印制：储志伟

中国纺织出版社出版发行
地　　址：北京市朝阳区百子湾东里 A407 号楼　邮政编码：100124
销售电话：010-67004422　　　传真：010-87155801
http://www.c-textilep.com
E-mail: faxing@c-textilep.com
中国纺织出版社天猫旗舰店
官方微博 http://weibo.com/2119887771
北京兰星球彩色印刷有限公司印刷　各地新华书店经销
2018 年 7 月第 1 版　2024年2月第10次印刷
开　　本：880×1230　1/32　印张：5.5
字　　数：130 千字　定价：49.80 元

凡购买本书，如有缺页、倒页、脱页由本社图书营销中心调换

编委表

本书由王姗姗担任主编,梁媛担任副主编,具体分工如下:

王姗姗(内蒙古商贸职业学院)负责第五章至第七章内容编写,共计7万字;

梁 媛(洛阳师范学院)负责第一章至第四章内容编写,共计6万字。

前　言

　　日本文学在发展的过程中，不仅传承其本国传统文化，还充分吸收与融合其他外来文化的因素，形成日本文学特有的文化现象。

　　研究日本文学，要对其产生的土壤、环境有比较深入的理解，对其产生的特定条件的来龙去脉有比较清晰的认知。日本文学与日本社会经济发展息息相关，日本文学的文化意境也蕴含在社会生活的方方面面，如日本的饮食文化、企业文化都是集中展现日本文学的重要体现。

　　在日本文学的文化意境中，中国的传统文化是很重要的组成部分，日本社会经济受中国传统文化影响很深，现在的很多文化分支都与中国传统文化有很深渊源，如茶文化等直接传承于我国的茶道艺术。

　　同时，日本作为融汇东西方文学思想交汇点，能够将西方文学的精髓很好地融入到日本文学中，并写出享誉国际的经典作品，这也是日本文学在国际上得到西方文学界认可的一个原因，是日本文化与世界接轨很重要的因素，并由此产生两位诺贝尔文学奖得主，而且这样的文学背景与社会文化让日本产生了多位其他领域的诺贝尔奖项得主。

　　本书从日本文化的历史渊源开始，将日本文学对日本社会生活的方方面面，做了一些客观分析。因作者水平所限，书中有不足之处，敬请指正。

王姗姗
2016.5

目 录

第一章 日本文化的产生与特点 1
    第一节 日本文化的发生地域特点 2
    第二节 独具一格的东亚文化现象 7
    第三节 日本文化的符号现象（菊花、刀、樱花） 11
    第四节 从日本文学看日本文化的独特特征 16

第二章 日本文学的传统文化特质 23
    第一节 中国传统文化对日本文学的影响 23
    第二节 从"意识流"看西方文学对日本文学的影响 32
    第三节 儒学对日本文学的影响 38
    第四节 佛学对日本文学的深远影响 41

第三章 日本文学中的美学理念 48
    第一节 日本文学中的传统美学观念 49
    第二节 死亡气息之美在日本文学的体现 55
    第三节 唯美主义文学的兴起与影响 63

第四章　日本文学在社会生活的体现 ... 75
第一节　日本文学的语言环境 ... 75
第二节　日本文学的沐浴文化 ... 78
第三节　茶道文化的文学内涵 ... 83
第四节　建筑文化的艺术文学体现 ... 89

第五章　文学艺术与日本文学的关联 ... 95
第一节　动漫艺术中歌词语言魅力 ... 95
第二节　中国传统文化因子对日本动漫的影响 ... 103
第三节　日本电影中的文学情结 ... 108

第六章　日本文学对企业文化的影响 ... 113
第一节　日本企业文化的精神内涵 ... 113
第二节　团队精神在企业文化中的作用 ... 119
第三节　稻盛和夫经营理念在企业界的地位 ... 123
第四节　儒家思想在日本企业文化的影响 ... 130
第五节　中国传统文化对日本企业管理的影响 ... 135

第七章　日本文学对中国文学的影响 ... 144
第一节　日本文学影响与中国近代文学构建 ... 144
第二节　五四时期的日本文学影响 ... 150
第三节　日本文学崛起对中国文学的现实提示 ... 156

参考文献 ... 167

第一章　日本文化的产生与特点

"文化"是人们较熟悉的一个概念,但它也可能是人们较无知或者说不清楚的一个概念。黑格尔曾经说过,人们经常挂在嘴边的名词往往是人们最无知的东西。

就是说,人就是文化。因此,真正意义上来讲,文化只能自身"显现"出来而不能"说"出来。然而,在现实历史中,我们出于各种需要还总得给"文化"一个定义。赵汀阳曾指出,"在内容上,文化由一套'主观意见'(doxa)所构成,这些'意见'的核心是价值观,或者说是,去做或不去做某些事的理由;在形式上,文化表现为关于各种事物的想象、表象(representations)和解释,在这些表述和解释的基础上得以建构了社会性的话语、意象、规范和制度。"可见,人既是文化的载体,又使文化得以传承。

塞廖尔·亨廷顿曾说过在后冷战的世界中,人民之间最重要的区别不是意识形态的、政治的或经济的,而是文化的区别。每一个民族的文化都是在特定的历史地理条件下,经过许多代人无意识的集体选择而形成、积淀起来的。一个民族的文化一旦成为一种传统,就会对该民族的发展形成巨大的反作用力。今天,文化依然成为不同民族的身份标识。研究不同民族的文化特征有助于加深民族间的相互理解,促进交流。

《辞海》有云:"文化,从广义来说,指人类社会历史实践过程中所创造的物质财富和精神财富的总和。从狭义来说,指社会的意识形态,以及与之相适应的制度和组织机构。"据此,从过程来讲,文化是人类社会的历史实践过程,"人化"过程;从结果来讲,文化是物质财富和精神财富的总和,"人化"后的产物。因此,文化的本质是人化,只有经过人类实践或加工后的事物才可称之为"文化"。

文化的一个很重要特征是不可逆性。对于一个民族来说,文化是其历史的印记和遗传,也是它当下社会方方面面中最深层和最稳定的东西,同时还是体现着它未来理想的东西。所以文化是一个民族的标记,也是一个民族活的灵魂。正因为如此,民族间文化的交流是以保持民族个性为前提的。或者说,一个民族对外来文化既不可能彻底地排斥掉,也不可能实行简单的拿来主义。"一个国家民族的文化思想实在有他的特性,外来文化思想必须有所改变,合乎另一种文化性质,才能发生作用"。日本正是因为在民族个性和对外学习交流之间保持了一种必要的张力,所以它才能在历史发展过程中既保持了"自我"的个性,又获得了"自我"的提升和发展。

第一节　日本文化的发生地域特点

日本文化的发生与其地域有着密切的关系。从地域上看,日本四面环海,与其他国家分割,形成了相对封闭的环境。从地域内部看，众多的生存空间相互排斥、竞争，自然而然地使不同地域的人们产生界限。

日本位于亚洲最东部，回环着浩瀚无际的大海。国土面积70%是山地，30%是平原，没有荒漠，更没有大荒漠。在日本列岛上，最高的富士山，只有3776米。河流纵横交错，但河床都很短浅。冲积平原散落沿海地带，面积大都很狭窄，稍宽阔些的关东平原也只不过二百公里左右。所以日本的自然景观小巧纤丽，平稳而沉静，再加上日本的地形南北走向狭长，南端与北端虽然存在着寒带和热带的气候风土的差异，但主要地方则处在温带。尽管也有突发性的台风、大地震，但从整体来说，日本列岛气候温和，四季变化缓慢而有规律，基本上没有经常受到大自然的严酷压抑。同时，雨量充沛，气候湿润，全国1/3的土地覆盖着茂密的森林。可以说，日本这种具有代表性的风土、这种具有特殊性的大自然，无疑成为孕育日本文化的基础之一，直接影响着日本国民的基本性格和原始生活意识以及文学意识。

每个民族都有独特的文化，日本也不例外，它的文化富有鲜明的个性，以极端性和双面性被世人所熟知。日本人行为和文化充满了矛盾。探索日本文化发生的根源，有助于深入了解日本文化的矛盾性。

一、地域分隔与整体

一个民族特有行为的产生，都是以其独特的地理环境为基础。从地域上看，日本诸岛由北海道、本州、四国、九州四大岛和6800多个小岛构成；从整体看，日本与其他文化分隔，较为封闭。从一些古书的记载可知，日本先民在这些岛屿上生活，与世

3

隔绝，在岛内，国与国之间的界限就是山岭和河流，被分成的平地狭小、封闭。在海岸，有许多山的半岛突出于海中，在一些海湾深处偶尔能见到一些小的平地。一些较大的沿海平地，被一些急流划分成了几个区域，这些区域不仅仅是地理位置上的差异，同时也在微观气候上有着不同。这些就是日本先民最初的生活区域，这些区域被山川、河流分割，狭小、封闭，地域与地域之间有细微的差异，正是这些小的地域孕育了日本文化。

所有事物的发展都深受其原发性部分的影响，对于一个民族的文化来说也不例外，原发性的部分体现了民族文化的本质，是一个民族文化的根源。日本先民最初生活在一个个相对封闭、异常的狭小地域中，虽然看似简单，但其中却蕴含了深刻的奥秘，这种奥秘最终成为了日本文化的发生点。与日本相比，中国先民最初的生活场地幅员辽阔、地域广袤、大气磅礴，许多文人墨客都感慨中国地域之广大。可以看出，日本的地形使得地域之间呈零碎状，而中国则是将一整块广袤的土地环抱其中。但最终像日本这样的零碎地域却紧紧结成了一个整体，而像中国这样的广袤土地只能依靠"大一统"的观念来维持统一。从地域感知度可知，小地域能够感受到具体的边界，具体的边界能够形成操作层面上的整体，而对于中国的广袤空间来说，人们很难感受到实际的边界，很难在操作层次上实现整体。因此，对于中华民族来说，具体的边界大多依靠家族、家庭来划分，而家族、家庭的划分以血缘关系为依据，而不是依靠理念和思想。因此，中国传统文化虽然包含有"大一统"，但最终未能形成地域集团式的生活方式。为了适应这种封闭的、隔绝的自然环境，日本先民选择了地域集团式的生存方式，他们所生存的地域有良好的水、光照等自然条件。在弥生时代，稻作文化以同一水系的居民作为凝聚对象，逐渐成为"世外桃源"。在稻作文化中，稻作的生产有品种单一、劳动密集、资源共享等特点，使水稻种植户之间必须积极联系，以利用水路、公路等设施，简单地说就是要充分集中农田以提高水资源和公共设施的利用率，或者共同敬神、祈雨等，从而把这些人集中在了一起，形成了共同生产和生活的群体。

对于这种生存共同体而言，他们所需的空间是自然给予的，与广阔的空间比，其更加封闭和独立。

二、特征鲜明的海洋文化

有学者主张说，"海洋文化，就是和海洋有关的文化，其本质是人类与海洋的互动关系及其产物。"因此涉海性是海洋文化的显著特征。日本是四面环海的岛国，其文化的形成与发展，必然受到海洋的影响，其文化产物也必然与海洋息息相关，存在海洋性特点。

(一) 饮食文化

日本饮食文化的海洋性体现在原材料上。典型的日本料理有寿司、刺身（生鱼片）、天妇罗、章鱼烧、清酒等，多以鱼食为特色。日本人自称为"彻底的食鱼民族"。据日本政府2013年度《水产白皮书》称，2012年日本国内鱼类产品食用消费量为652万吨，处于世界前列。

在日本，伴随着鱼食文化的兴盛，各地渔民每年都会举行相应的祭祀活动来庆祝丰收，如"鲍鱼祭"、"虾祭"、"螃蟹祭"、"海胆祭"等等。还有一些与鱼有关的节日，如每年的5

月5日为日本的男孩节，也叫"鲤鱼节"。

(二) 服饰文化

日本的传统民族服饰是和服，因日本属"大和民族"而得名。它起源于中国隋唐时期的官服，后经日本人历代改良，逐渐发展成为适合日本民族穿戴的独特服饰。

和服种类繁多，根据性别、场合不同而不同，且穿戴繁琐，需别人帮忙才能完成。根据季节不同，和服表面会纹上不同的图案。和服几乎全部由直线构成，只在领窝处开一个口子。如将和服拆开，其面料仍然是一个完整的长方形。和服以直线创造美感，能显示出庄重、安稳、宁静等特点，适合不同体型的人。

和服蕴涵着日本文化的海洋性特点。日本地处日本海和太平洋的包围之中，属温带海洋性季风气候，四季分明。日本人对自然的变化极其敏感，体现在和服上，是根据季节而描绘的不同纹样图案，这些图案多以动植物及自然现象为主，如花鸟虫鱼、松竹柏、山水川等。另外，日本夏季全国气温普遍较高，降水充沛，气候炎热，为了顺应这一环境，和服设计宽松，衣服上的透气孔有8个之多，且和服的袖、襟、裾均能自由开合，具有良好的通气性。

(三) 建筑文化

日本的传统建筑明显受到海洋性季风气候的影响。在日本绝大多数地区，夏季通常漫长、炎热而又潮湿，为适应这种气候，日本传统房屋的底层稍稍抬起，脱离地面，使房屋的四周和下方保持良好的通风状态。日本传统住宅几乎都是木结构的，因为木材具有冬暖夏凉、柔韧抗震的特性，因而成为日本建筑的首选材料。

　　日本传统住宅的典型代表是和室。和室地面铺有榻榻米，在和室里不需要穿鞋子（包括拖鞋），赤脚走在以自然素材灯芯草做成的榻榻米上，犹如徜徉在大自然一样。和室内部是开放式的，没有实墙，仅用活动的拉窗或隔扇分割，既保证了空间的利用率又兼具便利性，同时纸质和木制的拉窗或隔扇具有良好的吸潮调湿作用。又因榻榻米的使用，和室具有冬暖夏凉的特性，充分体现出日本民族与海洋互动时的智慧。

　　另外，日本民间普遍存在着海神信仰。海神信仰指日本海民群体在其所从事的涉海生产生活过程中，为确认自身与海洋之间的关系而进行的一系列旨在表达对各种人海关系的认知情感的文化实践活动以及由此衍生的文化实践手段。海神信仰与日本神道教关联密切，带有自然崇拜、祖先崇拜、天皇崇拜以及多神崇拜的神道特点。今天，日本存在专门的"海神神社"和法定假日"海之日"。日本宗教信仰亦呈现出海洋性特点。

第二节　独具一格的东亚文化现象

　　日本吸收中国文化是多方面的、长期的历史过程。汉字和汉文、儒学、律令制度和佛教是日本吸收中国文化的主要内容。正是在中国文明的巨大影响下，日本在公元4至5世纪就渡过了野蛮阶段，进入了文明阶段。从古至今，日本文化的发展还有它自身的许多特点，有许多既不同于中国，又不同于西方的发展规律，从而形成了独具一格的东亚文化。

一、文化的吸收性和独立性

汉字对日本语言的产生和发展产生了重大影响。最早由中国传入日本的文字是铭文，也就是刻于钟鼎上的文字。公元3世纪时，孔子、孟子等人的著作陆续传入日本，这为日本文字的出现打下了基础。公元10世纪，日本人通过简化、模仿草书创造出平假名，又根据汉字的偏旁部首，创造了片假名。同时，日语也保留了汉字，现代日语中常用的汉字有1945个。从历史上看，在1000多年的时间里，日本大量吸收了中国的汉文化。鉴真和尚东渡的事迹就流传甚广。日本奈良（NARA）现存的唐昭提寺就是为了专门纪念鉴真和尚而建，鉴真在日本大力弘扬佛学思想，是日本律宗的开山祖师。他不仅传授佛学，还传授百科知识，特别是医药知识。更为有趣的是，鉴真还是日本豆腐之祖，几乎同一时代的日本和尚荣西，也前往唐朝学习禅宗知识，回国后成为日本禅宗的开山祖师。值得一提的是，他从唐朝带回了茶种，荣西为此还专门著有《吃茶养生记》，饮茶之风由寺院传开，荣西也成为了日本茶道之祖。1868年德川政权崩溃、明治维新开始后，日本进入了"文明开化"时期。在这个时期，日本按照11世纪前全盘接受中国文化的方法引进西方的文化，并取得了巨大的效果，为建设一个现代化的国家奠定了基础。任何一种文化的形成与发展都要受许多因素的影响，本国的和外国的历史以及佛教、儒教甚至基督教都曾对日本文化起过作用。日本在变化，但是却从未真正脱离其最古老的本土文化根源。

以上这种情况可以从日本社会的许多现象看出来。现在电视、空调、汽车、电脑、出国度假等已深深地渗入了日本的普通家庭，日本人的生活表面变得无可辨认了。尽管如此，在现代化的帷幕背后仍旧保留了许多属于日本本土文化的东西，从深层分析看，日本仍是一个传统的国家。例如，他们爱吃生冷的食物，比较崇尚原味；喜好素淡的颜色和天然情趣；家族势力、家族意识和集团意识很强；民间信仰和巫术盛行；女子对男子的温顺和依赖等等。

二、文化的输入与输出

日本是个十分重视也十分善于吸收和引入他国文化的民族，从7世纪的"大化革新"大规模地引入大唐文化，到19世纪的"明治维新"大规模地吸收与引入西方文化，都对日本的发展进步起到了巨大的推动作用。特别是日本在战后，将视野再次转向了西方发达国家，大力借鉴美英俄为代表的现代西方文化，从而实现了现代化高速发展。

虽然日本在很多方面移植了其他国家和民族的文化，但是又不是照搬和全盘西化。比如佛教，中国的佛教宣扬的是"出世"思想，和尚的戒律十分严格；在日本，僧侣可以结婚，"僧侣"是作为一种职业存在的。又比如说中国的儒家思想以孝为本，尽忠次之，自古忠孝不能两全；而日本人则提倡忠孝一体，而且忠的地位要远远高于孝。再比如，欧洲的管理方式讲求个人主义，个人的表现占主导地位；在日本，管理中追求的理念则是团队精神，有时为了保证团队的利益，不惜牺牲个人利益。

随着日本经济的高度增长，日本向外推销自己文化的意识越来越强烈，而且提出了战略性的口号，那就是曾任日本首相的中曾根康弘所说的"国际化"。在这方面，日本政府投入了大量的资金。据90年代的一份统计资料表明，由日本官方机构主持的海外文化交流项目，诸如邀请或派遣学者、留学生，开展大型文化活动等等，每年的经费预算为10亿日元。日本外务省所属的国际交流基金，鼓励、资助的主要是和日本有关的项目，例如国外的日语教育，日本文化和文学著作的研究、翻译和出版，或与此相关的文化活动。政府的这种大投入推销本国文化的举措收效显著。日本的茶道、花道之所以享誉世界，日本的文学作品之所以有众多语种质量较好的译本，和这些举措是有密切关系的。

三、日本旧时的官方文化和民间文化

在日本古代，不论政府如何强调外来文化，民间文化在很大程度上还是有所保留。例如，在平安时代（公元794—1185年）大力提倡学习大唐文化的时代，日本所有的文人男子都用汉语写作，但是妇女不用学习，结果她们成为日本本土文学的先驱。

在一个很长的历史时期内，人们可以在政府准许、控制的许多地区的界线内随心所欲。在那里，男扮女装的演员、男性卖淫者、妓女、木版画家都能取悦于神。江户时代的城市民间文化，尤其在比较繁荣的17世纪，和这个狭小的享乐世界有千丝万缕的联系。许多作家、音乐家、演员、画家都出入于或活跃于这个受官方蔑视、可是却深为平民所喜爱的"淫荡世界"。暴烈的娱乐和荒诞的色情在官方的严格控制下仍旧成为人们发泄情感的重要手段。不论时代如何变迁，这类文化的根本性变化很小，对这个现象的重要性是不可低估的。

第三节 日本文化的符号现象（菊花、刀、樱花）

　　提到菊花，往往给人一种艺术的美感，体现了日本人爱美、尊崇艺术的情怀。翻开日本的历史我们可以看到：除了丰臣秀吉的侵朝战争以外，近代以前的日本基本上不存在侵略战争，日本人喜爱花鸟风月的性格正是源于长久以来相对和平的历史氛围，从这点来看日本人具有爱菊赏菊的和平的一面。

　　镰仓时代初期后鸟羽上皇对菊花情有独钟，在平安朝代初年，皇室乃至公卿贵族和文人墨客都大力推崇菊花。在重阳节这一天，皇太子率公卿幕僚到紫宸殿朝拜天皇，君臣共赏金菊、共饮菊酒。10月，天皇再设残菊宴，邀群臣为菊花饯行。正是由于菊花的高贵和纯洁，再加上神话传说中菊花与长寿有着难以说清的渊源，所以，菊花得到了皇室的青睐，逐渐成为了皇室的象征。

　　1868年，日本的《太政官布告》规定把菊花定为天皇的专用徽章，象征着最高权威。1869年，《太政官布告》进一步规定禁止皇族以外的其他人使用菊纹，此后这一禁令有所缓和。具体来说，天皇的家徽是十六花瓣的重瓣菊花图案，天皇家族的家徽则是十四花瓣的背面菊花图案。日本皇室的徽章就是十六花瓣的重瓣菊花，金黄色，呈放射状，好似太阳的光芒，日本的国旗也是惠及万物的太阳的图案。这是因为日本人把皇室祖先看作"天照大神"来崇拜的缘故。除了皇室的徽章，日本警察厅的徽章、国会议员们胸前佩戴的徽章,以至日本护照封面上的图案都是菊花,菊纹还出现在日本海军军舰的舰头上,特别是在日本靖国神社的门口赫然悬挂着十六花瓣的菊纹徽章,成为军国主义的象征。

日本人偏爱白色的菊花,其皇帝的衣服正是白色,象征着高雅和神圣;日本近代武士的衣服也以白色为色调,象征着崇高的精神。日本人用白色表示和平与神圣,与表示恶的黑色形成强烈的对比。平安中期以后,日本人从喜爱黄色菊花到喜爱白色菊花的转变在和歌中可以得到明显的体现。尤其是白色的菊花经过晚秋或初冬时分冻霜和小雨的洗礼,在凋零前常常变成了紫色。看到那种色彩变化的景致会给人一种即将幻灭的独特的美感。正是变成了紫色的菊花拥有着至高无上的美,因为在圣德太子制定的《官位十二级制度》里紫色排在首位,紫色是象征天皇及天皇家族的尊贵的颜色。

而在日本的文化符号中,刀无疑代表了武士精神。新渡户稻造在《武士道》中指出,武士道把刀当作力量和勇敢的象征,武士佩戴在腰带上的东西,也就是佩戴在内心的东西——是忠义和名誉的象征。原始社会时期居住在竖穴里、靠捕鱼打猎为生的日本人属于阿尔泰系的游牧民族,本质上具有游牧民族好战的性格。历史上,日本曾有很长一段时间由武士集团建立稳固的军事体制并置于武士阶级的统治之下,武士阶级处在社会的上层,持有"苗字带刀"的特权。先天的秉性再加上后天的条件,封建时代的日本人有着尚武的习气,非常好战。明治维新以后,人们把对武士阶层的崇敬之意转为对军人和官僚的仰慕之情,日本政府也公然认可社会阶级的层次差别，将日本的户籍体系分为华族、士族、平民和新平民，这一体系一直沿用到昭和初期。

从菊与刀的特性可以看出日本民族的矛盾性：日本人既醉心于菊的柔美，又崇尚刀的锋利。从这个意义上来说，菊与刀是矛盾的对立面。

一个民族的审美意识同它的地理环境、政治、经济有关，也同宗教形态的构成有关，也同宗教形态的构成有关，而樱花美学意义和价值的形成是日本历史和文化长期积淀的结果。透过樱花的美学涵义，我们可以探究日本民族所走过的精神和文化历程，对于今后更进一步的研究大有裨益。

樱花文化意义的起源与日本早期的宗教崇拜有关。日本最古老的书面文学作品《古事记》上记载着"木花佐久夜姬"的传说。该传说讲述了天皇的祖先、天照大御神的孙子迩迩芸命降临人间时与木花佐久夜姬一夜成婚，从此繁衍后代，成为大和民族的始祖。至此之后，木花佐久夜姬的化身——樱花就有了"魔咒"、"神力"。于是，人们便顶礼膜拜樱花神祈求她的庇佑。但这很难说就是樱花美学意义的起源，樱花的美学意义的真正起源应该来自于农耕文化。

在生产力极低的远古时代，人们祈求樱花神的庇护是为了让神灵保佑农作物的丰收，实际体现了人类对自然的崇拜。这种朴素崇拜的起源可能是因为樱花盛开之时正合农时令节，平均气温适中（摄氏12度左右），稻田水温较高，不必担心冷空气的袭击，此时种植能保丰收，樱花开放意味着稻谷种植的开始。随着农耕文化的发展，樱花的美学意义逐渐产生了。在春色烂漫的日子，面对锦簇盛开、漫山遍野的樱花，人们人都会联想到美好与丰收。因此，人们将樱花和繁荣、美丽联系在一起，也是自然而然。

每当樱花盛开，日本人都会围着樱花树载歌载舞。在他们眼中樱花繁花似锦的美实际上是农耕女神驾临人间、赐人丰收的外在形式。这一将自然物与人类的审美直观直接联系的现象在早期的人类社会是十分普遍的。因此，在日本，人们最初是欣赏樱花的"盛开之美"。而这一审美观点也影响了稍后出现的贵族赏花的审美活动，即"花宴"。

日木奈良时代至平安时代初期，中国梅花和赏梅习俗传入日本。诗文中也出现了咏梅的内容，赏花的热情也开始由"梅"转向了"樱"。在《古今和歌集》134首春歌中，樱歌就占了一百多首，而梅花只有20首，这与早期崇尚梅花的《万叶集》形成了鲜明对照。平安时代，每年春天樱花盛开时，贵族们便举行豪华的樱花宴，即所谓"花宴"。上流社会的这种樱花宴政治色彩极为浓厚，它不仅是王权的象征，也是贵族们显示财富的社交场所。

直到大约平安时代中期以前，樱花在日本人的心目中都是美好明艳的象征。在这里，樱花是作为生机勃勃、繁华美丽的形象而存在的。此时期，即使吟唱落花的和歌，人都是积极向上的，落花也被认为是生命再生的预兆。

平安时代中期（9～11世纪）以后，随着平安王朝的结束和贵族文化的衰败，人们对樱花的审美体验逐渐由开放时为其美丽感到欢喜愉快转变为樱花凋落时感到怜惜和哀伤。在自然的变幻无常以及佛教的影响下，人们在对客观世界的认识中形成了生命无常的思想，而这种无常观不断得到提高和洗练，最终成为日本人追求的"物哀"美学理念。正如《徒然草》兼好法师所言"万事始与终，方最显情趣"，日本人开始认为凋零的樱花比盛开时更令人动情和感伤，是体现"物哀"这一无常之美的最好的载体。

随着这一"物哀"审美观的发展和演变，樱花的美学意义也逐渐发生了转变。10世纪时，由于地方豪强地主的壮大和发展，出现了为扩大势力、保护庄园经济的武士阶层。对武士而言，能为主君尽忠，即使生命短暂，但也像樱花般绚烂多彩过。樱花的易逝、洁净之美恰如其分地反映出武士的内心追求和精神，成为武士道精神的象征也就成了自然而然的事。因此，到江户时代，武士道精神和道德观念已经成为日本整个民族的普遍追求的道德标准。樱花的美学意义进一步的深化了，其中具有代表意义的是"花中樱花，人中武士"。

明治维新至二战结束，军国主义分子大肆宣传所谓"为了大和民族，勇敢的武士们，让我们像樱花一样为国奉献吧"等煽动口号，樱花在军国主义者眼中已不再是美好情感的象征，它代表大和民族的灵魂，是"英勇"的标志。而在那些即将死亡的士兵遗言中，大量出现诸如"教儿应如此，似山樱凋散"、"樱花为凋散而开，只因散花成英雄"这样的诗句。樱花就此成为了军国主义的象征之一。

因为受到武士自杀美学的影响，日本是世界上自杀率最高的国家。实际上，从日本人崇尚消亡的审美理念来看，其自杀行为又是一种顺其自然的行为，诚如丹纳所说："艺术家从出生至死，心中都刻着苦难和死亡的印象"。因此，在日本，文化人自杀几乎成了一种时髦，他们希望像风吹落樱一样痛快地死去。

二战结束后，日本民族对樱花的审美价值的认识逐渐摆脱被扭曲历史的影响，战前占支配地位的"死亡之花"观念逐渐消失，现在的日本人大多将樱花视为春天的象征、美好生命的化身，人们更多的会想到聚会、恋爱等，日本民族对樱花的审美价值走上了正常的道路。从另一个方面来说，现代日本人对樱花之美的欣赏更多的是单纯的将樱花看作一种美丽的花卉来欣赏，因此樱花的美学意义不再具有特定的内容，而樱花之美也回到了它原本的植物之美。

第四节　从日本文学看日本文化的独特特征

如今是一个文化大爆炸的时代，人们越来越重视对世界各地文化的研究。在日本文学研究中，日本文化占据了主要的地位，从文化中理解和把握日本的政治、经济以及社会问题的内涵，从日本文学的发展历程与日本文学产生的社会背景，探讨了日本文化的独特特征，进一步研究这些问题的本身。

近年来，许多研究日本文化的专家和学者都对日本文化提出了自己的见解，有的把日本文化解读为唯美文化，有的则把日本文化称为武士文化，其实这些都是日本文化的一部分。一个文化，包括日本文化是有很深的内涵与多样性的，在历史的发展中也总是在"变",也就是说文化是特定社会的文化,不一样的社会会产生不同的文化,文化具有鲜明的时代性,某一时代具有某一特征,而作为文化一个重要组成部分——文学,则具有人类的共性(世界性),同时也具有民族的特定性(民族性),还具有历史的延续性(稳定性),在历史的不断演变中也在吸收不同时代的特点(变异性),我们要挖掘日本文学潜在的特征,以此来研究日本文化的独特性。

一、日本文学发展历程

日本文学的发展历程十分漫长,因此具有独特的特征。在一个时代中,日本文学可以作为主流文学被人们所认可,也能够随着时代的进步被传承下去,而不被新型的文学所淘汰,因此现在的日本文学身上还有许多旧的文学形式,并没有被新文学全部代替。例如日本的抒情诗在古代的抒情诗格式中,短诗是主要的形式,而室町时代的俳句则可以看作是短歌的演化产物,俳句中也包含日本的传统文学特征,符合人们的审美情趣,能够让人们感受到浓浓的"闲寂感",其中的集大成者就是被人们称为"俳圣"的松尾芭蕉,他将这种"闲寂感"进一步扩大形成了一种别致的风雅美,拓宽了日本诗歌美学范围。进入20世纪,日本接收了大量的欧洲文化,因此日本文学又呈现出了另一种形式,这些多种多样的日本文学形式,例如平安时期的"物哀"、江户时代的"风流"等不仅没有跟随旧时代一起消亡,反而被新时代所接受,继续传承与发展。总而言之,日本文学的发展特征是新旧共存,而不是新文化代替旧文化,具有较强的历史统一性。

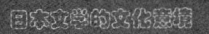

二、日本文学产生的社会背景概述

我国的文化不受城市的约束，而日本不同，文学活动只集中在较大的城市中尤其是京都，公元9世纪以后，日本多数文学活动都活动于京都，其他城市则逊色很多，18世纪以后，江户文学兴起，江户与京都逐渐成为了文学中心，也就是说无论怎么变京都一直都是文化的中心，直到明治维新，东京才逐渐成为了文学的中心。

另外，文学的阶层随着时代的变迁也发生着不同的变化。在平安、镰仓时代，文学阶层主要是贵族、僧侣等人，江户时代的文学阶层主要集中在武士、町人、商人和农民文学阶层的不同，自然导致了文学形式、素材的不同。日本文学还有一个特点就是文学家都会被编入一个封闭的集团内，例如平安时期的贵族集团、德川时期的武士集团等会得到该集团内部人员的支持。

三、日本文化的独特特征

(一)倾向"物哀"，远离政治

世界上大多数文学作品都与政治有着或多或少的联系，尤其是中国的文学与政治联系很密切。我国诗人白居易就曾经说过：文章合为时而著，诗歌合为事而作。许多作品也与当时的政治有很大的联系，例如范仲淹的《岳阳楼记》等。但是日本却不是如此，日本文学呈现出了很强的脱离政治性，明显区别于世界文学。

1.日本文学脱离政治的原因是。不同历史时期日本的不同文化阶层，都对政治不感兴趣，例如古代的贵族、中世纪的武士、近代的农民等，另外还有自然主义文学、浪漫主义文学、现实主义文学等,从事这些文学的人也同样不关心政治,犹如局外人一般,正是这个原因导致了日本文学远离政治的独有特征。

日本的文学家都比较认可艺术必须要与政治保持一定的距离,甚至要高于政治和现实。他们认为,一旦文学与政治有了联系,那么这种艺术将不再是高雅的反而沦为庸俗了。

2.日本文学的倾向——物哀。所谓"物哀"就是指人们受到客观事物的触动而产生的或悲或喜的优美、纤柔的情绪,是日本传统审美观的主要组成部分,这一点也与世界文学有着较大的区别。例如传承了日本文化与传统的《源氏物语》中,"物哀"一词出现了十四次,使"物哀"成为了独具一格的日式浪漫。日本文人在遇到一些事物后用语言文字将心中所想书写出来,就形成了"和歌"或"诗歌"。所以说"物哀"是日本文人表达心境的一种方式,把人类最真实的感动表达了出来,对日本后世的人生观与审美情趣有很大的影响。可以说,崇尚"物哀"是日本文学家的普遍特征,他们一般看中柔美的情绪,特别重视腼腆、文雅等风格。再者,女性的情感普遍比男性细腻,这使得古代的文人中有一部分都是女性。女性以自己独特的视角描写了自己的所思所想,使日本文学的哀怨、惆怅等风格更加明显和深刻,甚至有学者说是女性造就了日本文学惆怅的基调。所以尽管日本文化受中国文化的影响很深,但是崇尚"物哀"这一特点却始终没有改变。"物哀"也成为评价日本文学作品优劣的重要因素。

(二)既注重继承沿袭,又注重吸收变异

从整个日本文学发展史来看,日本文学融合了多种民族文化,并且将这些文化化为己用,形成了自己的风格。

日本的古代文化与中国一脉相承。汉朝以来，中国各个朝代的文化对日本都有不同程度的影响，甚至于日本的文字都是由汉字演化而来的，古代的日本文学家对中国的文学都非常熟悉。例如《源氏物语》就是从白居易的《长恨歌》中挖掘了很多素材，才使得文中的贵族生活描写的如此细腻。再例如日本的一些神话和故事，都能从中找到中国的影子，这些文学家对中国古籍的借用不仅限于文字方面，他们往往能抓住文化的内涵，将之不露声色地运用到自己的作品中。中国的一些文学大家在日本也是享誉盛名，诸如白居易、苏轼、罗贯中等。中国的文学作品同样受到了日本人的追捧，像《三国演义》等通俗小说的流行，对日本的读本创作就有很大的影响。

汉诗作为日本文学的主要形式，在日本已经有一千三百年的历史了，其风格的转变都受到中国很大的影响。例如其最初的汉诗集《怀风藻》中的诗篇就可以看出是受了中国古诗从六朝到唐诗转变的影响，内容也受到了中国宗教观念的影响。日本的小说也有许多"翻案"文学，这些作品对于日本形成自己的风格有巨大的推动作用。

19世纪，日本发动了明治维新，一些政治家和思想家开始把眼光放到全世界，开始向世界追求知识，这促进了那个时代的新文化运动。在这一运动推动下，欧洲的文化传到了日本，迅速渗透到了日本社会的各个层面，推动了日本的近代文化活动，使日本文学也加入了世界文学行列。传入日本的欧洲文化中，有英国的功利主义、法国的自由民权以及美国的实用主义，后来还有德国的国家主义。这些文化对日本人民的思想造成了较大的冲击，造成了日本文化的重大转变，使日本只用了几十年时间就完成了欧洲文学的发展过程。这一时期内，日本的文学流派逐渐增多，无论是哪个流派，都有借鉴西方的审美和美学理论，例如川端康成创建的新感觉派，这一流派强调把日本的传统文化与西方文化相结合，在日本古典文学"物哀"的基础上，引入了西方的现代流派观点；在变现形式和手法上也对西方文学多有借鉴，例如乔伊斯的意识流和弗洛伊德的精神分析等。而当代的日本文学对西方文学的借鉴就更为明显，例如三岛由纪夫等人的创作等。通过对外来文化的借鉴与吸收，日本文化变得更加多元化。关于日本文化的多元化，日本学者加藤周一将日本融合的文化分成了四类：(1)大乘佛教中的哲学思想；(2)中国的儒家学说，尤其是程朱理学的观点；(3)西方的基督教教义理论；(4)马克思主义思想。加藤周一还说在日本文化背后，可以看到三种世界观，即外来世界观、传统世界观、文化的外来世界观。

(三)具有较强的连贯性

纵观日本的文化史，日本文化一直在不断融合外来文化并变为己用，不断为日本文化注入新鲜的血液，使日本文化能够经久不衰延续至今。另外，日本文学还有另一种特征——盆景趣味。这是日本文学抒情性的一种表现形式，如果将中国的文学与日本的文学结合来看，两者都具有阴性特征，也就是说中日两国人的思维方式更偏向于细腻、多愁善感的女性思维，在接触了西方文学后，日本文化并没有将这一特点摒弃，而是在与西方文化对抗中不断寻找能够壮大自身的元素，使文化的发展具有相当的连贯性，这也可以看做是日本文化的独特特征。

综上所述，日本文化是独立发展的，在独立发展的过程中又受到了不同文化的冲击，于是日本文化便将这些外来文化加以融合，丰富、壮大了自身，从而传承至今。从历史角度看，日本在大发展时期，其民族文化也是最传统的，例如第一次世界大战前后，日本文化就一直在回归东洋文化，近些年的日本文化热也说明了这一特征。

第二章 日本文学的传统文化特质

第一节 中国传统文化对日本文学的影响

由于古代日本列岛的文化远远落后于中国，所以在长期的中日交往中，汉文化对日本文化产生了深远的影响。在明治维新以后，日本虽然提倡欧化，努力向西方学习，但是中国的传统文化早已扎根于日本民族的土壤，即使在日本文学中，也不难找出中国文化的痕迹。由于在近代之后，日本随着国力增强，而与此相对的中国国力消减，处于被殖民的地位，此时文学之间的影响也处于互换的位置。所以在此，我们所谈到的中国文学对日本文学的影响只限于中国古代文学对日本古代文学的影响。

在中国文化传播过程中，文学方面最为被外国所称颂是唐诗，同样在日本古代文学的发展过程中，唐诗曾经一度被传诵于日本社会各个阶层，而日本文人也皆以能作唐诗而自豪。此外，还有一种文学也对日本古代文化产生了重要影响，那就是中国的古代神话。

一、中国古代神话与日本古代创世神话

中国的神话有文字记载的著作始于西汉刘安所著的《淮南子》和三国时期徐整所著的《三五历记》。其中《三五历记》为最早完整记载盘古开天传说的一部著作。据考证，日本的神话基本上形成于4世纪以前，然而我们现在所能看到的对于日本神话的记载，主要来自成书于8世纪初的两部日本史书——《古事记》和《日本书纪》。《古事记》(こうじき)由稗田阿礼(ひえだのあれ)据《帝记》(ていき)和《旧辞》(きゅうじ)讲述，太安万侣(おおのやすまろ)记录而成。《日本书纪》(にほんしょうき)成书稍晚于《古事记》，是由许多人集体编纂的官修正史，体裁模仿中国史书。这两部书都是在天武天皇(？一686年)召集下编纂的。当时的日本已基本完成统一，迫切需要在意识形态上确立天皇的统治秩序，以达到国家长治久安的目的。天武天皇下诏曰："诸家之所赍帝记及本辞，既违正实，多加虚伪。当今之时不改其失，未经几年其旨欲灭。斯乃邦家之经纬，王化之鸿基焉。故惟撰录帝记，讨窍旧辞，削伪定实，欲流后叶。"在这一思想指导下，这两部史书对本国的原始神话进行了历史化的、有利于"邦家之经纬，王化之鸿基"的"削伪定实"，完成了以皇室的祖先神——天照大神为中心的天上世界及其子孙降临日本、平定国土的神话体系的构筑。

由上述可见，中国古代神话有文字记载远远早于日本神话的记载，这可以证明中国古代神话系统先于日本古代神话系统，但是并非仅仅是时间上的领先。在关于"天地起源"章节，不论是中国神话和是日本神话都做了大量的描述。

《古事记》的第一句话是"天地初发之时"，然而天地是如何"初发"的呢？没有具体地说。不过，《日本书记》对此有清楚的记述：古天地未剖，阴阳不分，混沌如鸡子，溟涬而含牙。及其清阳者，薄靡而为天，重浊者，淹滞而为地，精妙之合抟易，重浊之凝竭难。故天先成而地后定。然后，神圣生其中焉。故曰，天辟之初，洲壤浮漂，譬犹游鱼之浮水上也。

看看这段话，似曾相识。《淮南子·俶真训》云："天地未剖，阴阳不判，四时未分，万物未生。"《淮南子·天文训》云："清阳者薄靡而为天，浊者凝滞而为地。"还说"清妙之合专易，长浊之凝竭难"（专抟通假）。《三五历纪》云："天地混沌如鸡子"，"溟津始牙，漾鸿滋萌"。又云"天地开辟，阳清为天，浊阴为地"。

由此可见，日本神话是在中国神话的影响下形成的。当然，也不能排除另一种可能性，即日本列岛的原住民也有自己的天地起源神话，只是在面对外来移民（从中国大陆迁徙日本列岛的移民）的强大影响，以及在统治者"削伪定实"之后荡然无存了。总而言之，中国神话在日本创世神话的形成上发挥了重要作用。

二、唐诗和日本和歌的产生

唐朝是我国政治、经济、佛教、文化发展的鼎盛时期。空前繁荣的社会造就了一大批著名的学者和诗人，李白、白居易等都是具有世界声誉的伟大诗人。他们才华横溢，创作的诗篇热情奔放、意境深远，诗歌题材的领域得到前所未有的开拓。唐代诗坛多种艺术风格的争奇斗艳、诗歌体制的完备成熟形成了百花齐放的伟观。

隋唐时期，中日交流的密切程度是空前的。日方派遣了大量留学生和留学僧，除此之外还有大量民间交流活动。日本留学生在中国学习期间，不只是学习中国的政体制度、建筑、法律之类，文学也作为学习的重要部分，其中唐诗是文学学习中的主体。

公元751年，日本第一部汉诗集《怀风藻》问世，共收集诗作117首，作者多是宫廷贵族、僧侣儒生等上层阶级。虽然内容多为描写上流社会生活的平庸之作，但也有佳作颇具初唐风格，为日本的汉诗创作的形式和内容开了先河。如日本大友皇子(648-672年)二十一岁所写的汉诗《待宴诗》：皇明光日月，帝德载天地。三才并泰昌，万国表臣仪。大友皇子的诗气度非凡，以"皇明"、"帝德"、"三才"、"泰昌"表现了太平盛世的局面。

公元759年，被称为日本的"诗经"的《万叶集》面世。这部和文诗歌，更多地表现了日本民族的风格和特点。但由于它产生的时代正值中国的盛唐时期，许多和歌作者同时又是汉诗人，因此这些在中日文化交流的氛围中产生的和歌，从形式到内容也无处不见汉文化的印记。《万叶集》是经过许多文人之手编辑而成的日本传统的古典诗歌形式——和歌的第一部总集，这部和文诗歌是采用汉字写成的。它收集了较长一段历史时期，较广大的地域内，上至天皇、下至平民百姓约五百余人的诗歌创作。诗集在编排上采用了我国六朝《文选》的分类方法，分为挽歌、相闻歌和杂歌三类。从公元794年至1192年是日本平安时期。平安初期，日本人写汉诗逐渐蔚然成风，日本学者倡导"文必秦汉，诗必盛唐"，汉诗很快家喻户晓。此后，随着日本假名的创造，日本文学进一步从中国文学中汲取养分，创造出更多的作品，此时"物语"文学兴起。

白居易的诗歌与《源氏物语》

日文"物语"一词，意为故事或杂谈。物语文学是日本古典文学的一种体裁,产生于平安时代,公元十世纪初。它在日本民间的基础上形成,并接受了我国六朝、隋唐传奇文学的影响。在《源氏物语》之前,物语文学分为两个流派,一为创作物语如《竹取物语》、《落洼物语》,纯属虚构,具有传奇色彩;一为歌物语,如《伊势物语》、《大和物语》等,以和歌为主,大多属于客观叙事或历史记述。

《源氏物语》是物语文学中的顶尖之作,堪比中国《红楼梦》。全书54回,近百万字,前44回以光源氏一生为中心,描写他的爱情、政治等由荣华到没落的经历,是全书的主体部分。后10回描写光源氏之子薰(是为三公主与柏木大将的私生子)与宇治山庄女子的爱情纠葛。小说历经4代天皇,跨越70多个年头。其作者紫式部自幼深受汉学影响,其在此书中多出引用中国古代典籍,有《老子》《庄子》《战国策》《诗经》《论语》《史记》《昭明文选》等以及白居易、刘禹锡、陶渊明的诗歌。其中引用最多的是白居易的诗歌,特别是长诗《长恨歌》更是对《源氏物语》源氏物语影响深远。其主要从以下几个方面得以印证:

(一)《源氏物语》多处引用白居易的诗歌

要客观深入的研究白居易诗歌对《源氏物语》的影响,首当其冲的工作就是要探明《白氏文集》中的白居易作品在《源氏物语》中的分布情况。关于这一点,日本的源学家们做了大量的考证工作,尽管考证的结果不完全相同(主要是在诗文引用的数量上存在一定的差异),但在基本认识上是大体一致的。对于"引用"二字,在这里是一个广义上的概念,紫式部对《白氏文集》的引用,就方法论而言,可分为:直接引用、借用、类似三大类。与《源氏物语》有影响关系的白诗共47篇(包括陈鸿的《长恨歌传》)。紫式部在《源氏物语》与《白氏文集》的有关联之处共约102项,其中引用类为17项,借用类为16项,类似占69项。这102项有关联处可分为三种情况:一为直接引用;二是以隐喻的形式借用原典;三是不露痕迹,把文集中原有的词句融化开来派作新的用场,这样可以看出表现手法和词句的类似。作者紫式部并没有单纯的引用白诗,而是将《白氏文集》融会贯通、烂熟于心之后,创造性地加以应用,营造了各种意境,展示了高超绝妙的写作手法。作者引用白居易的诗歌比较集中的体现在《桐壶》(11次)、《须磨》(8次)、《魔法使》(7次)和《寄生》(7次)。

(二)《源氏物语》仿白居易写诗手法——借景抒情,寓情于景(哀伤,悲伤之情)

《源氏物语》中的《桐壶》卷,描写桐壶帝和更衣的悲剧故事,更衣被人嫉妒,悲伤成疾而死去。桐壶帝追念更衣的妩媚温柔,十分伤心,吟诗时表现出哀婉凄楚的情思。作者用凄凉的环境和气氛衬托桐壶的悲伤心情。这段描写的情景犹如《长恨歌》中的环境和氛围。再如,白居易在《八月十五夜禁中独直对月忆元九》的诗中这样写道:"银台金阙夕沉沉,独宿相思在翰林,三五夜中新月色,二千里外故人心。渚宫东面烟波冷,浴殿西头钟漏深。犹恐清光不同见,江陵卑湿足秋阴。"这是白居易在翰林院中只身独宿,遥念远处江陵卑湿之地的元稹而出的诗句,诗中描写了大殿、月色、烟波,为我们营造了一种思念之情。而在《源氏物语》中谪居须磨的源氏在怀念京中情景时,作者这样写道:"此时一轮明月升上天空。源氏公子想起今天是十五之夜,使无穷往事涌上心头。遥想清凉殿上,正在饮酒作乐,令人不胜艳羡;南宫北馆,定有无数愁人,对月长叹。于是凝望月色,冥想京都情状,继而朗吟'二千里外故人心',闻者照例感动流泪。"(《须磨》)作者由景入情,由月色而思念京都的故人,以往的富贵权势,几多爱人,如前尘云烟不复存在。想及于此,光源氏攒眉长叹,不胜恋恋之情。

(三)《源氏物语》对白居易诗歌情节的运用——以《长恨歌》为例

白居易35岁壮年时期所创作的《长恨歌》传到《源氏物语》作者紫式部的手中,已是两百年之后的事了。紫式部在创作她的物语小说时,受到了《长恨歌》相当大的影响,书中的很多地方,都可以看到它的影子。

《源氏物语》整个故事的开篇《桐壶》一回就源于白居易的叙事长诗《长恨歌》。作品开头这样写道:"话说从前某一朝天皇时代,后宫妃嫔甚多,其中有一更衣,出身并不高贵,却蒙皇上特别宠爱。"这说的便是桐壶妃,由于她遭众多妃子妒忌,所以心情郁结,并且生起病来。皇上越发怜爱,一味专宠,于是朝中大臣侧目而视,相互议论"将来难免闯出杨贵妃那样的滔天大祸来呢。"这样,作者紫式部在作品的开篇便将桐壶帝与唐玄宗、桐壶更衣与杨贵妃联系到了一起。尽管两个故事的发源地不同,但题材、情节却颇为相似。随后更衣病逝,桐壶帝悲情不减,终日不理朝政,"朝朝暮暮以泪洗面"。而"她的声音相貌,现在成了幻影,时时依稀仿佛出现在眼前。"这些话不由得使我们想起《长恨歌》中的诗句"蜀江水碧蜀山情,圣主朝朝暮暮情"、"芙蓉如面柳如眉，对此如何不泪垂"。而作者在书中继续写道，命妇从更衣娘家回来，将更衣的母亲所赐更衣的遗物(衣衫、梳具)呈与皇上时，皇上看了，想到"这倘若是临邛道士探得了亡人居处而带回来的证物钿合金钗"。与《长恨歌》中"临邛道士鸿都客能以精诚致魂魄"有异曲同工之妙。整个《桐壶》篇中将白诗《长恨歌》或直接引用，或间接借用，或融化其中的句子进行类似的表达，表现出桐壶帝失去爱人的悲恨心情。

《桐壶》篇中桐壶帝与更衣之间的凄美爱情引出了全书主人公源氏公子出场的序幕，提出了贯穿全书主题的基调，即对爱人的殊宠和亡故后的悲伤。在光源氏的爱情婚姻生活之中，我们可以继续找寻《长恨歌》的影响。源氏公子幼年丧母，因而对藤壶后母有着思慕之情，然而终不能寻得，于是紫姬走进了他的生活，以此替代。不料紫夫人最终病逝，其后一年，光源氏也在唏嘘叹息之中从物语中消失了踪迹。光源氏一生与周围的许多女性都有着爱情，但始终蕴含着未能得到满足的悲痛。这些女子或病逝(如夕颜、葵姬、紫姬)，或命运坎坷(如六条妃子)，或出家修行(如空蝉、三公主)，始终延续着淡淡的哀愁。在《源氏物语》的《葵姬》《魔法使》篇中，表现了光源氏对爱人离去的悲伤之情：这些墨稿之中，有缠绵悱恻的古诗，有汉文的，也有日文的。无论汉字或假名，都有种种体裁，新颖秀美。左大臣叹道"真乃心灵手巧！"只见源氏公子在"旧枕故衾谁与共？"这句诗旁写着："爱此合欢塌，依依不忍离。芳魂泉壤下，忆此更伤悲。"又见另一张纸上"霜华白"一句旁边写着："抚子多朝露，孤眠泪亦多。空床尘已积，夜夜对愁魔。"(《葵姬》)"鸳鸯瓦冷霜华重，翡翠衾寒谁与共？"（《长恨歌》）看见无数流萤到处乱飞，便想起古诗中"夕殿萤飞思悄然"之句，低声吟诵。（《魔法使》）"夕殿萤飞思悄然，孤灯挑尽未成眠。"（《长恨歌》）由此可以看出，在《源氏物语》全书整个的情节框架之中，都有着紫式部从《长恨歌》汲取影响的痕迹，她凭借自己深厚的文学功底，创造性地借鉴吸收自居易《长恨歌》的精髓，深化了自己的物语世界。

白居易及其诗歌，无论从宏观上、还是从微观上，都对日本的古典名著《源氏物语》的创作有着深厚的影响。但是精通于本土传统文化和汉文化的紫式部，立足于日本民族的特性，对白居易及其诗歌作了充分而又有所选择的吸收，从而形成了日本新的文学实体和新的思想体系。

日本文学从借鉴中国文学中形成了自己独立的民族文学。从这个意义上讲，任何民族的文化不能局限于自己的传统，必须借鉴和汲取外来民文化的精华，才能更好地发展自己的文化。我们从中国文学对日本文学的影响及日本文学发展与繁荣的经验中认识到：我们应当从世界各国文学中学习更多的东西。那么，文学创作该如何保持我们固有民族个性又能融入新的元素，同时又为他人所吸收接受呢？考察日本文学融合外来文化的过程与方法，或许能给我们提供一定的借鉴与帮助。

第二节 从"意识流"看西方文学对日本文学的影响

日本的新心理主义文学运动是在新感觉派解体、新兴艺术派昙花一现之后,由伊藤整等人发起的新心理主义文学中的"新"与新感觉派文学一样,主要是指与小说创作方法相关的新技巧和新方法。伊藤整在《新心理主义文学论》中将新心理主义文学等同于"意识流文学"。在同一时期的西方现代主义文学中,作为其重要分支的"意识流"文学也是盛极一时。从时间概念上来看,日本的新心理主义文学与西方的"意识流"文学保持了一致性。而且从东西方文化交流的角度来看,日本的新心理主义文学较大程度受到了西方"意识流"文学的影响。

纵观日本现代文学史,可以看出昭和初年的日本文学呈三足鼎立的局面。首先是私小说,其次是有组织的艺术运动——无产阶级文学,再者就是以横光利一及伊藤整为代表的现代主义文学。三者各具特色,私小说是与日本的精神、风土密切相关的文学,追求日本人固有的语言意识和生活感觉,可以说是呈封闭状的文学,与此相反,无产阶级文学受到了俄国革命后的现实主义文学理论的影响,而现代主义文学则直接受到了西方现代主义文学的影响,特别是在创作手法上,日本的现代主义文学作家有意识地吸收西方现代主义文学的创作手法,促进了日本现代主义文学的发展。

一、西方"意识流"文学的特色

20世纪20年代，意识流文学作为西欧现代主义文学的重要一环登上文坛，盛极一时。意识流文学诞生的背景可以从当时的时代背景、文学基础、心理基础和哲学思潮等四个方面进行考察。

19世纪末期，西方资本主义进入垄断资本主义发展阶段，经济的高度发展与个人精神的极度空虚形成鲜明的对比。另外，过去的理性哲学思潮与现时的非理性思潮也形成了强烈的对比。于是在文学领域，作家文人开始把文学视点从外在现实转向人的内在现实，用犀利的文字刻画出混乱复杂的世纪末情结。其中重要的一环就是"意识流"文学。

当然，"意识流"文学并不是凭空产生的。在当时的时代背景下，19世纪末期的西欧现实主义文学已经开始注重人物的心理描写，托尔斯泰、陀思妥耶夫斯基等文豪在刻画人物心理方面已经取得了很大的成果，特别是福楼拜提出的"自由间接话语"，即第三人称独白，更是将现实主义文学发挥到了极致。所以某种意义上来说现实主义文学的发展为"意识流"文学的出现提供了一定的文学基础。"意识流"文学在此基础上形成了自己的文学特色即内心独白、第一人称的独白。

另外，精神分析创始人弗洛伊德的"无意识理论"和"梦的解析"等学说，以及哲学大家柏格森提出的"心理时间"概念为"意识流"文学的创作理念提供了坚实的理论基础。

二、西方"意识流"文学在日本的翻译及传播

在日本，"意识流"这一用语最初出现在心理学领域。明治30年间，威廉·詹姆斯的《心理学原理》的简装版被日本大学

作为教科书使用，其中的心理中讲义中提到了"意识流"这一用语，到了昭和时期，"意识流"作为文学理念传到日本。其接受的过程时以分为两个时期，第一个时期是介绍"意识流"小说家和翻译"意识流"作品；第二个时期是将其文学方法纳入日本现代主义文学之中。

前面已经提到弗洛伊德的精神分析学说为"意识流"文学提供了一定的心理学基础，所以分析弗洛伊德思想在日本的接受情况对于考察"意识流"文学对日本文坛的影响有着重要的参考价值。1928年大槻宪二等设立了东京精神分析研究所，掀起了一股精神分析热浪。1929年《弗洛伊德精神分析学全集》和《弗洛伊德精神分析大系》相继出版。

弗洛伊德的精神分析说也被逐渐运用到文艺领域。厨川白村在其著作《苦闷的象征》中运用弗洛伊德的无意识学说和梦的解析理论，提出"人类的生命力因压抑而产生的苦闷是文艺的根本"，"梦是潜伏在人的无意识中的精神伤害。同样，"文艺作品是潜伏在作家生活深层的人类之苦"等文艺理论。这些文艺理沦影响了很多作家，而且弗洛伊德的名字和他的精神分析学说也因此渗入到日本文坛。川端康成在《水晶幻想》中提到"弗洛伊德和十字架"，而且1924年发表的《新进作家的新倾向解说》中对"自由联想"作出了详细的解释。因此可以推测弗洛伊德的"自由联想"这一理念对于川端康成的文艺理论造成了很大的影响。

另外，当时盛行的季刊杂志不断介绍了乔伊斯和普鲁斯特等西方"意识流"小说家及其作品。1928年9月发行第一册《诗与诗论》，此后每一册上都刊登了外国作家的肖像，其中有几册上都是乔伊斯的画像。由此也可看出日本文坛对于外国作家的关注程度。

其后，作为《诗与诗论》的后继杂志《文学》创刊，在第二册特别做了一期《乔伊斯研究》。《文学》的创刊号上刊登了淀野隆三翻译的普鲁斯特的《在斯万家那边》。根据淀野隆三的回忆，1928年的日本文坛已经对普鲁斯特表现出了极大的关注。1930年6月出版了由淀野隆三编辑的第一册《诗·现实》，1931年1月开始由伊藤整、永松定等翻译的《尤利西斯》。与此同时，伊藤整编辑的《新文学研究》第一辑也开始发行。

三、日本新心理主义文学的登场

昭和初期，文坛出现了新的变化。无产阶级文学主张通过社会革命解决日本社会的矛盾。与此相对，新感觉派文学则用感觉表现和20世纪西方文学的新手法来表现潜伏在现代人内心深处的不安。在此形势下，伊藤整将西欧的文学手法与自身对诗的感悟相结合找到了新的文学模式。

对于新心理主义文学的出现，伊藤整这样说道："文体上只有三四个人具有大致相同的倾向，因为这些人的工作以及研究鸾备斯特的工作不断受到重视，所以综观这四五个人的共通之处，在日本即被称为以心理现实主义为中心的新心理主义，仅此而已。并没想过以此主张来兴起文学运动。"

从伊藤整的话语可以看出，新心理主义文学并不具备具体的文学理念和文学理论，而且"新心理主义文学"仅仅是伊藤整等人造出的词语，与新古典主义和新浪漫主义中的"新"有所不同。新古典主义和新浪漫主义中的"新"是"再生"的含义，而新心理主义的"新"则意味着"新生"。伊藤整在《文学中的新》一文中作出以下解释："真正的新文学所期待的是深入现实的细微之处，如何正确地表现能够意识到的现实"，换言之，无非就是正确地追求现实的过程，作为秩序的方法和技术以及作为结果的作品。"

因此，伊藤整所强调的新心理主义的"新"主要表现在小说的方法和技巧方面。

四、受到"意识流"影响的新心理主义作家

日本文坛受到"意识流"影响的新心理主义作家主要有横光利一、川端康成、伊藤整及堀辰雄。

横光利一和川端康成是由新感觉派文学转换成新心理主义文学的作家。《机械》(1930)是横光利一向新心理主义文学转换的标志。文中采用一个劳动者内心独白的方式捕捉了工厂中人们的复杂心理。对于这部作品，伊藤整曾评价道："显然受到了《文学》上登载的普鲁斯特的影响。"其后横光利一还创作了《寝园》(1930)、《家徽》(1934)等作品。

川端康成在新感觉派文学解体后，开始以"意识流"手法创作新的作品。《针·玻璃·雾》和《水晶幻想》都是采用"意识流"手法和弗洛伊德精神分析学说的新心理主义文学代表作。

新心理主义文学的本家是伊藤整和堀辰雄。创作方面，伊藤整主要模仿乔伊斯创作了《感情细胞的断面》、《M百货店》、《生物祭》、《幽鬼的街》、《幽鬼的村》一系列代表作，其中《M百货店》描述了一个青年看到一位女演员站在化妆品柜台前挑出一瓶化妆品的这一瞬间的此起彼伏的心理。

堀辰雄的代表作主要有《圣家族》，它以一个作家的死为契机，描写了周边男女微妙的心理活动。

在日本文坛有着这样的评价，即伊藤整的文学是乔伊斯式的，堀辰雄的文学则是普鲁斯特式的。不管属于哪一种，都充分说明了二人在学习西方"意识流"方面对于日本新心理主义文学的贡献。

五、西方"意识流"与新心理主义文学的差异及成因

作为日本现代主义文学一环的新心理主义文学与西方"意识流"文学有不可分离的联系。而伊藤整在移植西方"意识流"理论方面发挥了不容忽视的作用。他受到了弗洛伊德及乔伊斯的影响，运用"自由联想"、"内心独白"、"蒙太奇"等"意识流"文学的典型表现技巧创作了一系列新心理主义代表作。

但是，"意识流"文学理论传到日本后，其特点也发生了一些变化。首先，西欧的"意识流"小说几乎没有故事情节，也不具有逻辑性。但是与此相对，日本的新心理主义文学作品中始终贯穿了一定的故事情节。其次，与日本的新心理主义文学相比，西欧的"意识流"小说中对于性的描写更为大胆，同时对于人类的变态心理的刻画更加深刻。

对于两者所存在的差异，主要有以下几点原因：首先，从当时的文学背景来看，现实主义文学依然主宰日本文坛，私小说的传统也仍然有不可忽视的力量。其次，如果将小林秀雄等代表的《文学界》视为文坛主流的话，伊藤整所属的《新潮》仅仅属于次要角色。根据伊藤整的回忆，他在提出"意识流"的主张之

后，曾受到了来自小林秀雄的《文艺评论》、瀚沼茂树的《现代文学》和春山行夫的《文学评论》的批判。最后，从当时的文坛形势和读者的审美心理来看，日本的新心理主义作家围绕一个中心或是故事情节来表现人物的意识也是不得已的事情。

40年代初期，"意识流"小说迎来一时鼎盛，之后逐渐消沉，"意识流"文学流派也自然解体。直接原因主要是过于倾向于表现内在现实而放弃了表现外在世界，为了最大限度地表现心理现实而人为地隔绝人物与客观世界的关系，仅仅表现人物的主观意识。另外，意识流文学传到日本后并未扎根。日本文学依然保有自己独特的发展模式独立发展，为世界文学做出自己的贡献。

第三节 儒学对日本文学的影响

近年来，不少专家、学者从文化的角度，研究了中国传统思想与日本文学的关系。与其他传统文化相比，儒家思想更能为日本人民所接受。它以"修身、齐家、治国、平天下"的基本原则在很大程度上影响着日本人的思想，进而影响着日本文学。至今对日本文学仍然具有一定的影响力。纵观日本文学作品，从古至今儒家思想的影响不断出现。

一、儒家思想与日本文学——从历史顺序来看

从历史顺序的角度来看，可以把儒家思想对日本文学发展的影响分为五个时期，即儒学东渡、早期日本儒学、作为禅宗附庸的儒学、儒学的全盛与日本化、资本主义时代的儒学等。

儒学东渡时期。这一时期由于日本文学的发展还停留在口承文学的阶段，儒家思想并没有对日本文学直接产生影响。但是在间接推动日本文字文学的诞生上产生了很大的影响。如《千字文》、《论语》成了日本文字、文学的启蒙书籍。

早期日本儒学。这一时期日本圣德太子把我国中央集权统治下的五常儒学思想。以《论语》的思想为主，改革统治体制，并引入了《礼记》、《论语》、《周易》、《千字文》等。同时，儒家思想的中心内容"仁政"被当时的统治者所利用。可以说，儒家思想对当时的日本社会已经产生了很大的影响。这在文学作品可以体现出来。比如《古事记》吸收了周易的宇宙观；《怀风藻》引用了孔子提倡的"有德者王"思想。

禅宗附庸阶段。这一时期，佛教在日本一度盛行。于是大多数的学者在谈到文学时，更多的是谈到佛教的影响。佛教的"无常观"贯穿在《平家物语》、《徒然草》、《方丈记》等作品中。当然这些作品也有儒家思想的痕迹。这个时期的儒家思想更多的是强调忠孝的伦理观念。这成了当时新兴的武士阶级的价值取向，在日本文学中具体表现为众多描写武士文学作品中有对人物的衡量标准。

江户时代的儒学。到了这个时期的儒学，受到了空前的推崇。儒学发展一度达到了全盛时期。随着封建社会统治秩序的巩固，人们开始逐渐认识到儒家思想从根本上来说，是为了维护封建社会的统治秩序。由于阶级利益的关系，统治者视此为统治工具，儒学的说教、劝服等功能发挥了到极致。通过长期的渗透，儒家思想已经深深根植于日本文者的心中。其文学作品是从文学观和忠孝两方面吸收儒家思想。这一时期儒学对日本文学的影响力是进一步的升华。

资本主义时期。明治维新后，日本走上资本主义道路。受西方文化的强烈冲击，日本文学界开始对传统思想，尤其是对儒学展开了猛烈的抨击。在日本社会转型时期，接受了西方人文主义。但是儒家思想对日本文学仍然具有影响力。比如流行一时的政治小说仍然受儒家重实用的文学观的影响。

二、儒家思想与日本文学——从思想内容来看

宇宙观。中国早期儒学就有对宇宙、世界的论述。战国后期形成了以超越感觉与经验、贯穿自然、社会、人生为中心内容的儒家世界观。日本人受其影响，吸收、改进成为日本早期的宇宙观、世界观。在《古事记》中有许多关于宇宙演变的神话，这时日本的哲学宇宙观处于萌芽阶段。同时，《古事记》还吸收了儒教"天尊地卑"的观念。总的说来，《古事记》从开头辟地、天地关系及万物生成等方面吸收了儒家的宇宙观，并改进为日本人能接受的方式。

政治观。大多数学者在提到日本儒学的时候，只是局限于江户时期。在大多数学者看来，日本早前并没有系统性的儒学理论专著，也没有创造性的东西。的确，在江户时期，日本儒学与禅宗脱离，并与中国儒学有许多不同的地方。然而在政治方面，统治者塑造天皇形象更是参照了儒家学说。这一点在文学作品中可见端倪。比如集中反映圣德太子统治思想的"宪法十七条"。"宪法十七条"重点强调"和为贵"、"公正"、"崇君"与"尊三宝"。"公正"的目的是为了让官员服从天皇的统治；

"崇君"是为了树立天皇的权威，使人们服从天皇的意志；"尊三宝"是为了统一大众的信仰与思想。同时，儒家的"仁政"思想也为统治者巩固统治所利用。

伦理观。清贫为乐与忠孝伦理是儒家价值伦理观对日本文学影响的具体表现。儒家提倡自然之乐趣，安于一瓢水、一竹筐饭。作家鸭长明《方丈记》中流露的以平淡生活为乐的生活态度就是受到了儒家思想的影响。曲亭马琴的《南总里八犬传》的八犬士就是儒教八德的勇士。《平家物语》在描写武士面对国与家、君与臣的选择时，体现了儒家的忠孝伦理观。这些均体现了日本学者受儒家思想的影响。

总之，儒家思想对日本文学的诞生与发展起到了重要的作用。然而，日本自身独特的自然环境与历史条件，形成了与本国实际相适应的审美取向、文化传统与民族特性。立足自身的现实需求来吸收儒家思想的营养。日本文学日后形成自己独立的特点中发挥了重大的作用。虽然在资本主义时期之后，儒学有所削弱，但经典的思想和其长久性的传播，一定还会让儒学继续保持着它重要的地位并持续影响着日本文学的发展。

第四节　佛学对日本文学的深远影响

佛教发源于公元前5世纪的印度，从印度经古西域"丝绸之路"传到中国，又由中国传入朝鲜，再由朝鲜传入日本。据《日本书记》载，佛教于钦明十三年（公元552年）由百济圣明王遣使护送释迦金铜像一尊及经论若干卷传入日本。其后，很多渡来僧（来自中国和朝鲜半岛等的僧人）、入唐僧（由日本赴中国的僧人）等从中国以及朝鲜半岛带回佛像、法具和大量佛教经典。此被日本学者们视为佛教公传（国家专修史记载）日本的记录。

七世纪初，圣德太子在日本。此后，佛教广为传播，佛教寺院大量兴建，大批学问僧到中国巡礼求法，研习佛教经典。到13世纪，日本不论是上层贵族还是民间百姓，佛教都极为盛行，武士中则普及了"禅"。佛教在近代曾一度受到排斥，恢复后的佛教，世俗色彩已经很浓重了。但无论如何，佛教以其独特的魅力得到众多信徒的信奉，成为日本的三大宗教之一。至今，它依然处于日本宗教信仰的中心地位。同时随着佛教的普及，日本的生活、文化、思想、甚至政治，无一不受到佛教的影响。

佛教与日本文化的关系分为佛教的移植、民族化、世俗化三个时期，这三个时期佛教对日本文化的影响是有显著不同的。以祖师崇拜为基点的佛教信仰，构成了日本佛教的民族特征，并与神道教、天皇崇拜主义一道共同给予日本文化以深远持久之影响。

关于佛教中宗派禅宗，禅宗作为一种外来的文化式样，对日本文化几乎所有的领域都产生过巨大而深远的影响。日本文化是一种悟化的禅意（而非禅宗）文化，佛教中的禅传到日本以后，与日本传统文化相结合，形成了新的"日本禅"，成为日本民族精神和民族意识的支柱之一。禅在日本之所以能产生深远的影响，最主要的原因是由于借助了"道"的形式，这方面属于整体研究。它总体上趋向于佛教对日本文化的影响方面，佛教与日本文化关系，可以从语言文字、文学、茶道、园林艺术等个体研究上窥见一斑。

一、佛教与日本语言文字

日本从没有文字的时代到发明五十音图并逐步形成独特的文字体系，这与佛教的传入有着不可分割的联系。从佛教词汇的特点、佛教词汇使语言形象化、佛教词汇对日本语言文化的影响这三个方面来看，佛教词汇融入日语，类多面广。通过对日语惯用句及词汇的研究可以发现，许多与佛教相关的词汇（句）虽经漫长的历史变迁，仍魅力不减，使用频率依然居高不下，词类涵盖面极广。这些词汇的借用现象折射出佛教文化对日本语言影响之深，从一个侧面反映出日本民族对佛教文化的受容度高，也反映出日本民族对语言运用上求新、求异的语言心理。其中，汉译佛教词语形成期相当于佛典汉译期，主要在魏晋南北朝、隋唐，并且汉译佛教词语在中日两国间的传播是互动的，并一直延续到近现代。佛教用语对整个日本语言文化的影响，而且这种影响不是单向的，是互动的。

二、佛教和日本文学

（一）佛教和物语、说话（故事）、散文关系的研究

"物语"译为"小说"，或曰"故事"。实际上"物语"和"小说"不尽相同。"物语"与唐宋的"传奇"类似。佛教对日本物语文学的影响是巨大的、复杂的，既有思想方面，又有艺术方面。如《源氏物语》"物哀"的审美意向和"物之感"的主题，完全得自于紫式部根深蒂固的佛学观，这种佛学观导致《源氏物语》独特的审美显现，确定了日本王朝文学"美的极致是悲

哀"的审美标准。紫式部的"物哀"观既源于日本民族纤细温和的情感体验，同时又因吸收儒佛和神道思想糅合了部分理性的因素。神道和儒佛的影响，使紫式部的"物哀"文学观上升到对人和社会的终极关怀和理性思考，从而使"物哀"具有了深刻的精神源泉，达到一种前所未有的高度，对日本以后的文学发展产生了深远影响。

通过物语之间的比较探讨与佛教关系，比较不同历史时期的物语文学可以得出，日本人所受佛教思想影响在社会发展的不同时期是不同的。日本人在社会稳定发展情况下，注重的是本民族的宗教精神——现世主义思想；而在社会矛盾激烈、国家动荡不宁时，则接受佛教的诸如世事无常、因果报应等思想。经过历史的长期发展，神佛思想逐渐融合在一起，形成了日本独特的文化精神。日本人把无常观作为认识社会的出发点和抒发个人情怀的精神依托，而他们对无常的不同理解又赋予作品不同的思想内涵。

(二) 佛教和川端康成及其作品关系的研究

川端康成是日本第一个获诺贝尔文学奖的作家，也是一位深受佛教思想影响的作家。佛教思想尤其是禅宗思想可以说是川端康成文学的基调之一。对川端康成与佛教，尤其是与禅宗关系的注目始于20世纪80年代末，有很多文章论及这一重要问题。禅宗思想与日本传统文化、西方文化在川端康成的笔下被巧妙地融合在一起，产生了备受瞩目的世界性文学作品。川端康成扎根于本土文化，创造性地将日本古典文学中的"感物兴叹"、"幽玄"以及"风雅"所包含的佛教禅宗精神等美学理念融合在现代艺作品中,在着力表现和深化这种传统美的精神实质。同时,也融合了西方现代艺术手法和现代意识,从而创造出独具魅力的"川端文学"之美。川端康成的小说《千只鹤》,从四个方面反映了作者对日本传统文化精神的继承:对"物哀"的继承,对"风雅"的继承,对佛教禅宗的继承和对自然美的推崇。这种带有创造性地继承增添了小说的艺术魅力,形成了川端文学独特的风格。

《雪国》描绘了川端康成东方式佛禅虚无的思想,通过虚构的雪国展现了川端式的悲与美的结合,以"情趣与虚幻美"这种表现手法成功地展示了日本的传统之美。"典雅、悲凉和幽玄"是二者的表现共性。同时,与"神秘、怪诞"的"镜花式"的表现特性相比,川端的"梦幻天堂"中潜藏的则是"虚无"的基调。

(三)佛教和和歌、俳句关系的研究

佛教和和歌的渊源,奈良时代已有六朝与唐代愿文传到日本,当时的金石文与写经题记中的愿文、功德愿文的存在,说明随着佛教的渗透,作为佛教文学的愿文已经引起人们的密切关注。《万叶集》中山上忆良等歌人还曾借鉴愿文从事汉诗汉文以及和歌的创作。愿文中的孝道观念对日本奈良时代和歌的影响,是中日文学交流史研究尚未触及的问题。《敦煌愿文集》中的"亡男文"等与《万叶集》中山上忆良的《熊凝歌》结构用语的惊人相似,吐露了奈良时代歌人接受愿文的秘密。山上忆良在作品中展现的是从《诗经》以及佛教文学中接受的民间对亲情的推崇。

佛教内容的功德故事的传入，使"歌德说话"的故事成熟、丰满，也使和歌这一艺术形式本身具有了神圣化与普遍性的双重性格。作为和歌理想和审美情趣的"有心"论，其实质是以超凡入圣的佛教禅理意识。"有心"论，其实质是以超凡入圣的佛教禅理意识去规范"发乎恋情"的传统歌学本体。

在研究佛教禅宗和俳句关系方面，禅宗提倡离世反俗，皈依自然，将自然人生一体化。禅宗所创设的境界美与日本文化性格十分接近。"禅"的汉语意思是定静虑、思维修。禅宗在日本的镰仓时代从宋朝传入后，在日本幕府武士阶层的支持下得以迅速传播，并在镰仓以后的日本历史文化中占有重要的地位。而日本俳句就蕴涵着自然空灵、清幽闲寂、凝炼含蓄的禅宗思想。俳句从民间的文艺形式变成一种禅式文化，主要经历了贞门、谈林、芭蕉三个时代。俳句在向禅式文化演变的过程中获得了新的生命力，同时俳句又极大地丰富了佛教文化。另外，由于中日两国文化的差异，禅学思想在二者中的体现又有所不同：中国文人把儒、释、道三者相结合，创作出中国化的禅诗；而日本对于禅学的吸收更为纯粹，在俳句创作中深深地体现出禅学思想，甚至禅学思想成为其主导思想就俳句的形成发展而言，一般流行的看法都认为是受到了佛教禅宗的影响，这基本上已成为学界公认的事实。

(四) 佛教和能乐关系的研究

中国大陆的伎乐、舞乐等在奈良、平安初期陆续传到日本。在12世纪末的镰仓时代之后，演剧活动普遍和宗教活动结合起来，带有一定情节的歌舞剧——"猿乐能"广为流传。在民间，农民庆丰收的时候也举行艺能表演,叫做"田乐能"。在此基础上,到了14世纪的室町时代,产生了比较成熟的戏剧形式——"能"和"狂言",明治以后通称为能乐。日本能乐《芭蕉》中情节与形象的形成,一般认为主要源于中国的《芭蕉精》。《芭蕉》作品中佛经语句、佛教思想贯穿始终,作品的情节与人物构思也更多地来自佛经,这说明佛教自传入日本后,已经完全融入日本文化,成为日本文化的重要部分。日本谣曲《王昭君》以王昭君的故事为题材创作的中日作品多为悲剧,且都是以伦理意义作为悲剧的基础。但是日本的谣曲《王昭君》中由于加入了佛教的思想,伦理意义失去了作为悲剧最高原则的地位。有学者在《日本能乐的形式与宋元戏曲》中指出,从文献和中日戏剧之间的形式方面进行考察,认为两国戏剧虽然没有直接的接触,但是通过佛教作为中间的桥梁,产生过间接的接触,从而具有了一定程度的影响关系。另外,能乐的美在于它的形式美,它形式上所要求的"幽闲"和"古雅"都是以禅的悟道境地为根本的。

第三章　日本文学中的美学理念

美学范畴是审美意识的理论形式。日本民族的审美意识经过较长时期的发展，形成了具有逻辑性的范畴体系，展开这一逻辑范畴体系也就是对日本民族审美意识的历史描述。

日本人的审美意识最早起源于对自然美的感悟，具体地说就是对森林植物的生命姿态和星辰风花雪雾等自然物的同情和欣赏。这些自然物生命形态、色彩的变化导致了人们对季节变化的深切感受和生命本质的理解。这种生命感和季节感一方面被凝固被抽象为"物哀"、"风"、"雪"、"月"等美学范畴；另一方面形成了以色彩为表现形式的、以伦理的"诚"、"信"、"净"观念为内涵的"白"、"青"、"黑"、"赤"等美学范畴；并由此而生发出形、姿、繁茂、华丽、艳丽、娇艳、苍劲、枯瘦、寂静、余情、冷寂等美的形态范畴。

这种由自然生命感和季节感所生发出来的上述美学范畴被日本美学家称之为"植物的美学"或"风的美学"。"这种基于植物的世界观中的审美意识……它作为日本的传统是很显著的……这个传统以相当明了的形式对后世审美范畴的形成产生了影响。"这种被称之为"植物美学"或"风的美学"观念所形成的美学范畴不同于西方美学那种逻辑范畴的形态，它们是"诗性的范畴"，它们有以下几个特点：形象性、象征性、情感性等。

第一节　日本文学中的传统美学观念

　　日本文学与其他民族文学的区别特征在于形成了一系列独特的文学概念和审美范畴。古典文学作品中出现了许多美学理念，我们都能从不同程度上寻找到共同的特征，并贯穿于日本民族文学发展的历史。最基本的"无常"、"物哀"、"幽玄"的美学理念，在日本文学中的地位以及展现出的日本文学精髓。

　　在日本历史的"国风文化"时期，假名的出现使人们完全能够自由地运用自己的语言表达思想和进行创作。与此同时，日本文化以前所未有的速度向前发展，出现了灿烂的景象，并取得了举世瞩目的文学成就。日本文学中所表现出来的独特的审美情趣与民族性，都是在"国风文化"时期开始形成的，相关的美学理念成了日本古典文学作品中最基本、最具典型代表。

　　一、"无常"之美

　　日本人对佛教思想的吸收、改造、融合与日本的社会现实密切相关，其中"无常"观尤为突出。佛教中讲的"无常"，往往是指人的死亡，所以佛教的无常观，其实就是对"死"的看法及观念。而日本人所接受的"无常"是哲学认识上的"无常观"，诸行无常，诸法无我。万物流转的无常之感，在一定程度上渗透到日本民众的精神生活中，并和日本文学相关联。作为一种咏叹的、抒情的哀伤之感引发了人们的共鸣。鉴于此，"无常"和日本其他的审美感和神秘感等一样，只是一种情怀而已，是一种称其为"无常感"更合适的情感性的东西。日本的和歌、俳句等文学作品中经常使用"无常"一词。

在弘法大师所创作的歌中，便阐述了古代日本人对于无常的理解，他所说的"无常"有很浓的宗教思想。通过人们熟悉的自然现象，叹息时光消逝、世事无常，人生如花期、青春易逝，咏叹岁月不饶人的佛教思想。

平安初期的特殊处境，由于只有贵族阶级能够识字读书，这一时期的"无常"主要体现在贵族文学中。贵族文学的创作达到最高水平的不是和歌，而是物语。物语作为一种文艺体裁，是日本民族独特的创作形式，可视为小说。被誉为平安物语最高峰的《源氏物语》盘旋于贵族上层社会，表现出与"国风文化"时期同一指向的审美情趣，其主题是宿命和无常。

到了平安末期，日本的"无常"美绽放出了更加华美绚丽的文艺之花。日本战记物语的巅峰之作《平家物语》讲述了以平清盛为首的平氏家族由盛而衰的故事，从中可以解读出佛教无常观的发展轨迹。开篇便模仿《涅盘经》下卷中的《仁王经》护国品中的句子，"祇园精舍之钟鸣，诸行无常之声韵。沙罗大树之花色，胜者必衰之表征"。以"骄者必败，宛如春夜一梦。强者终亡，仿佛风中浮尘"开篇，成为贯穿全文的主题。中村元认为："觉得无常而出家，出现在日本平安末期旧统治阶级没落、新统治阶级确立的封建制度转换期。旧统治阶级的没落，促使其昔日的拥戴者断了世俗的欲念，转而心向宗教。"在以死、没落等人生无常的幻灭之美为主旋律的故事中，概括了佛教的诸如世事无常、因果报应等思想，正是佛教无常观触发的"哀情"。

镰仓初期的鸭长明在其随笔集《方丈记》中，以佛教的无常为基调，感叹世间的无常，自然的灾害、社会的动荡，深刻意识到人生变幻无常，并记述了自己削发为僧、愤然遁世的情形。

二、"物哀"之美

日本一直是处在"文明周边"位置，受外来文化影响甚大的国家。到平安时代，形成了自己独特的精神文化，这一时期占主流地位的另一审美意识正是"物哀。"、"物哀"是日本传统文学、诗学、美学理念中的一个重要概念。可以说，不了解"物哀"就不能把握日本古典文学的精髓，就难以正确深入地理解以《源氏物语》和歌、能乐等为代表的日本传统文学，就无法认识日本文学的民族特色。

"物哀"始见于本居宣长的文学评论《紫文要领》、《源氏物语玉梳子》等著作中。本居宣长提出"四季应时的景观，便是感知物哀之物"。在本居宣长看来，"物哀"是"对所见所闻所接触的事物，发自内心的感叹"。是一种带有优美、纤细、沉静、伤感色彩的理念，近似于"叹息"。

人情感发，恋乃第一。物哀之深切难隐者恋情也。神代以降，历代之歌，唱叹其趣者多矣。杰作亦以恋歌为多。至乎当今庶民之歌以恋歌众多，自然之势，人情之真也。恋者，因时而易，苦涩、悲辛、怨悱、愤懑、有趣、欣喜等皆有之。人生感情诸多情状，尽见于恋中。此物语乃是摹尽人世之物哀，深憾读者之心制作。若舍却恋情，则人情之诸多深细处，乃物哀之真髓俱难显。因之特以恋情为主题，将恋之所为、恋之思心、种种物哀之情状，以无比精细之笔墨写出，描摹物哀而使之显现。这段论述，既说明了《源氏物语》的核心内容和情调，又说明了"物之哀"美与贯穿于日本文学的悲哀之美的密切联系。从"记纪歌谣"中悲婉的恋歌，到《源氏物语》归于幻灭的恋情，《古今和歌集》、《新古今和歌集》中大量的倾诉相思之苦的歌作，直到川端康成、三岛由纪夫笔下徒劳的爱，都体现着人们看透世间万物的虚幻无常及感叹"物之哀"的深情余韵。

毋庸赘言，"物哀"中的"物"与"物思"、"物悲"中的"物"是同一词语。"物"是一个不特定的用法灵活的词语。成为感受主体人的对象物的，一律都是"物"。"物"既可以是自然物，也可以是人类或人类的创造物。在凝视对象物过程中产生的悲欢喜怒，都是"物哀"。被不特定的对象物所激发出的某种感动便是"物哀"，其中孕育着日本人文学心理的认识，日本文学的原理性思考认为，只要心有所动就能萌生出文学创作。因此，日本人认为，文学的出发点是基于原点的朴素而纤细的思考。另一方面，文学没有特定的目的。无目的而纤细也是日本文学的主要特点，可见"物哀"正是日本文学的精妙之处。

三、"幽玄"之美

日本中世时期的文学、艺术、文艺等领域的审美意识是"幽玄"。在和歌世界中，确立"幽玄"审美意识的是藤原俊成（1114-1204），他所创作的和歌，不仅追求和歌的外在形式之美，还追求"言外有音、余音缭绕"的静寂之美、纤细之美。

战国时期结束后，重新获得安定祥和生活的中世人所追求的审美意识，仍蕴涵着战乱时期那种人生无常意味的"幽玄"。这种审美意识的深层潜在着一种佛教思想。中世的连歌论首次对日本人的审美意识进行了正面论述。连歌论中的"飞花落叶"等词语，由佛教中描述自然界植物生命短暂的无常观，形成了"幽玄"的审美意识。"幽玄"的美学意识影响到和歌和连歌的创作，后来渗透到能乐、茶道的美学意识中，并以"寂"为江户俳句所继承。

最为重视"幽玄"美意识的是世阿弥，世阿弥使能乐表演具有了优雅特色，并为艺术论奠定了基础。在《风资花传》（世阿弥所著日本传统剧目——能剧理论书）中以"花"论述了"幽玄"之美。能乐中的"花"强调客观之美，强调感染力，批判露骨逼真、粗糙躁动的下品味的表演，主张自然调和、沉静孤寂的上品味"幽玄"之美的表演。

"幽玄"的美意识是在安土桃山时代形成了茶道世界独特的美学理念。以千休利为首的茶道宗师们，能从一朵野花和常见的器皿中发掘美。"侘"的精神在茶道世界中成为重要因素，摒弃奢华，追求朴素，如何将藏在内心深处的"侘"表现出来便是恬静（侘）茶追求的精髓所在。在一个极小朴素的空间，在所限定的规定时间内，却能感受到无限丰富的内心之美，这体现了茶道中一期一会的精神。

这种幽玄精神，与松尾芭蕉（1644-1694）俳句的"闲寂"相通，是相似的情感象征，只是幽玄的情趣内容中有空寂、妖艳等的变化。而"闲寂"导出的哀婉的余情表现中蕴含着"余韵"、"细腻"、"轻妙"，是"不易流行"。所谓"闲寂"是在中世以来的幽玄基调上，融入枯淡闲寂的情趣，经由西行、慈圆的努力，终由芭蕉完成，树立了风雅、"闲寂"的蕉风，进入禅寂的意境。这种情调并非流于表面，而是作者基于实际体验的内心观照，所以即使华丽、美艳的题材也能渗入，将枯淡与柔美加以调和，达到虚实相生的余韵之境。这样，平安的"物哀"美学在发展过程中，以"真"、"实"为基础，形成"哀"中蕴含"寂"，成为"空寂"与"闲寂"的美学思想底流。

"幽玄"的审美意识后来为后世的俳句作品所继承。松尾芭蕉的俳句理论对"寂"尤其重视，呈现出含蓄、清逸、空灵、幽玄的诗风，"侘"和"寂"的精髓则在于禅宗所讲的悟道境界。如俳句中的"俾"和"寂"都蕴涵着寂寥的情感成分，无常观的影响显而易见。对事物之美会产生"短暂"、"寂寥"的感觉，并非日本人的审美意识所特有，西方人的美学中也存在类似的表达方式。但在日本，这种表达方式却始终贯穿于人们的审美意识中。松尾芭蕉除了用"风雅"、"侘"、"寂"之外，还以"朵"、"细"等作为对美的理解。"朵"是指"凋谢"、"枯萎"、"凋零"等，而"细"所体现的是"纤细之美"，二者都和无常密不可分。总之，在日本人的审美意识中，有一种发端于佛教思想的情感，一直传承至今。只有懂得了"幽玄"的存在，才能对日本文学与文化有更深一层的理解。

由此可见，日本古典文学中的传统美学意识，代表了日本民族文学最基本的审美情趣，它们都有着一种共同的色彩，与"无常"思想的密不可分。对日本人的文学、艺术、文艺等方面产生了极大的影响。这一点也正是日本文学中最能与其他民族文学区别的特征。审美情趣在不同时代背景下，表现出来的审美意识各有不同，不论后来的审美意识与指向怎样变化发展，依旧始终贯穿于日本文学发展的历史。

第二节 死亡气息之美在日本文学的体现

鲁迅先生曾经说过，"悲剧就是把最美好的东西撕碎给人看。"在"最美好的东西撕碎"之后留给人们的思考却各人有各人的不同。不同维度的死亡之美，在川端文学中呈现出无常、虚幻、哀怨的美感，而三岛文学则表现了自我选择、血腥、真实的死亡之美。这样的区别与他们经历的差异和在文学上对日本传统文化和外来西方文化的不同吸收是分不开的。

1970年，三岛由纪夫这样一个酷似古希腊雕像般俊美的男子，挟其对"肉体美学"与死亡的执着，走上切腹身死这条道路，而在他死后的十三个月后，以描写日本的美著称而获得诺贝尔文学奖的文坛巨匠川端康成在其公寓口含煤气管自杀而亡。他们都是以自杀作为了生命终结的方式，同时也作为唯美的探求者辉照日本现代文学史，死亡与美不仅仅是他们个人最终实践的目标，同时在他们的作品中从始至终都不停纠缠着"死"与"美"的主题，但是就像他们对死亡方式的不同选择一样，对死亡与美主题的偏爱中也呈现出各自不同的维度。

对于川端康成和三岛由纪夫而言，都是崇尚古典美。但是一个是崇尚像菊花一样的阴柔之美，在作品中以描写精微细腻的传统女性美而著称；而另一个则是推崇如刀一般的武士道精神的阳刚之美，对男性的肉体之美极其的热爱。同时对美的事物的死亡也有着不同的看法,川端康成在对死亡和美的关系的处理上,一方面笼罩着恐怖的气氛,渗透着对美的死亡深深的悲哀的情绪;另一方面又表现出亦真亦幻的"物哀美"的情调。与这种悲美的死亡不同,三岛由纪夫的死与美的主题却是在作品中表现出死亡就是爱的极致和美的极致,对美的死亡的瞬间进行细致真实的刻画,在血腥的死亡中美就获得永恒。

一、无常的青春之死和自决的青春之死

青春是文学家们经常抒写的主题,青春的易逝和生命的脆弱在他们笔下反复吟唱着,川端康成和三岛由纪夫也不例外。但是他们的作品却让青春在突然而来的死亡中得到定格和永恒,而不是让岁月和衰老来蚕食至真至美的青春,同时他们又以不同的心态和情绪来处理这一主题,形成了对青春之死不同侧面的表现。

川端康成的《睡美人》中,那么健康、年轻、强壮的《虞美人》主人公慨叹"这就是生命"的黑姑娘在深夜的猝死,让人感受生命无常和虚幻的物哀之感。同时作家始终保持这些睡美人处女的圣洁性,揭示和深化睡美人形象的纯真和青春,表现出一种永恒的女性美,这样的美是那么的脆弱,在无法预知的时刻,却猝然而逝,体现了一种物哀之美。时间、美女恰是老人们确认人生败北的命运的宣判者,她们是沉默的"女神",老人们在她们的眼前演出"死的舞蹈",让衰老与年轻、生与死形成一种对照,由此体现出川端文学以"死"的眼凝视"美"的艺术特点。青春少女在生命的最美的时刻消逝,既是美的定格和永恒,又给人以无限的哀感,生命无法预知的死去,引发人们对自身的生命的深思。

在《雪国》中，叶子是那么美丽，又是一个能为爱情献身的品德高尚的女人，可以说是理想美的典范。但是这样的一个人却也在无法预知的时刻猝然而死，让人产生无限的惋惜和哀伤，浸透作者对生命的无常的痛惜。《河边小镇的故事》也表现了这种无常的哀感。小说的女主人公房子的弟弟的死亡，以及深爱着房子的达吉的死都是出于偶然的因素。房子的弟弟体弱多病，在一次感染流感中，便离开了人世；而达吉却因奋不顾身救助房子受伤，感染破伤风而死亡，假如他能及时去看医生的话，就不会发生这样的悲剧。他们的死是一种偶然，在青春年少的时候偶然的死去，不能不让人感到人生的无常幻灭，透出深深的哀伤之感。

如果说川端康成笔下的青春之死是无常的、偶然的、甚至是被动的，那么在三岛由纪夫笔下青春之死却有着别样的风貌，他以一种强大的自我选择的自杀来定格青春之美。他让他的主人公充满了青春的激情，在生命最勃发的时刻为了心中的理念勇敢的自杀，这样的死亡具有一种强大的力量。从哲学意义上说，是超越了死亡、克服了心中的忧惧而获得一种自我选择的生命的意义。他对自杀的崇敬充满了"武士道"的精神。台湾作家吴继文说过："死亡对于三岛有绝对的魅力"，这种魅力体现为对自己一生的完全的掌控，极端的表现就是对死亡的自主选择。同时在作品中构筑一种源于井原西鹤"男色"审美情趣的男性美和阳刚美，并让这样的美在无法实现的理想面前以死亡来实现最终的自由和美的追求。

在作品《剑》中练习剑道的国分次郎无论是年轻的肉体还是坚忍不拔的精神，都堪称完美的典范，他对自己的决定的正确性坚信不疑。当他管理的队员没有遵守他定的规矩的时候,选择了切腹而死的道路,这既是对违反规则的队员的失望也是对自身的理想的坚持,他的死是为了自身完美的理想而做出的最后的自由抉择。三岛曾说过:他要"趁着肉体还美的时候就要自杀",《剑》中国分次朗的选择就是这一观念的充分再现。

在《忧国》中,更是强调了这种在青春至美时刻的死亡。作品中武山在奉命去镇压同僚的前夜,和他的新婚夫人在肉体上尽情享受人生的欢娱之后,选择了双双自尽的道路,在肉体的极度欢娱和极度痛苦的碰撞中获得一种美的体验。把生与死、青春肉体的欢乐和极度痛苦的死亡联系在一起,创造了一个爱与死的至美的世界。三岛本人归纳为这是"在选择死时又选择生的最大的喜悦","使夫妻的爱达到了净化和陶醉的极至"。这样的死亡充满了一种强大的生命的力量,是对极至自由精神的追求,在最美的青春里,用死亡完成了对美的永恒意义的追求。

二、悲哀虚幻的死亡之美与残酷真实的死亡之美

"川端审美的追求主要表现在三个方面:美的物哀色彩、美的幽玄理念和自然美的形式。日本的文学传统有着一股浓郁的悲哀美的倾向。川端极为崇尚那种"不仅仅是作为悲哀、悲伤、悲惨的解析,而且还包含着哀怜、怜悯、感动、感慨、同情、壮美的物哀美",因而他的作品当中在对渺小人物的赞赏、亲爱、同情、怜悯和感动中表露出了一种朴素深切的悲哀,在表现死亡这一主题的时候也不例外。在他笔下死亡来临的时刻都充满了一种哀怨忧伤梦幻般的情调。

在川端的《雪国》中,叶子和驹子代表了两种美,理想的美

和现实的美。对这两种美的认识也是通过不同的方式，叶子是间接的了解，而驹子是直接的接触。叶子是理想的美的化身，让岛村通过映在窗玻璃上的影子对她的美进行初步的认识，暗示了那种美丽青春的容颜和高尚的情操的完美结合的人是一种虚幻，当叶子的美丽身影纵身跳入火海的一刻，完成了对美永恒的定格和再现。小说中写道，在美丽银河的映衬下，在冲天的火苗中，"突然出现一个女人的身体，接着便落了下来，她在空中是平躺着的，岛村顿时怔住了，但猝然之间，并没有感到危险和恐怖。简直像非现实世界的幻影。僵直的身体从空中落下来，显得很柔软，但那姿势，像木偶一样没有挣扎，没有生命，无拘无束的，似乎超乎生死之外……岛村压根没有想到死上去，只感到叶子的内在生命在变形，正处于一个转折。"这样的美在躯体的生命的逝去中获得了一种超乎生死的永恒之美。与叶子代表的虚幻的美不同，驹子是凡间的、真实的、积极向上的美，但是岛村却经常想到这种美在岁月的消磨中残酷的消逝，最终丧失了美感。在精神上这两种美的消逝都深深浸透着一种悲哀美的情调，同时通过这两种美的对比，揭示出了川端心目中美的永恒=虚幻=死亡。

　　三岛和川端在死亡的美学观上，刚好处于古典美的两极，一个强调悲美、物哀之美，而另一个则倡导残酷美、尊崇武道精神。三岛将《叶隐》武道文化精神看作是一种美学的观念，并以武道文化精神作为他的文学的规范，在他的《文化防卫论》中批评了现代日本文学的软弱性，文学题材和视野的局限性，主张在文学上恢复武道，建立美的伦理体系。他常常以武道精神对照自己，在自己的文学中，觉得隐藏了一种卑怯的生，认为自己的行为和艺术背离相克，并为此感到困惑和烦恼。他向往憧憬武士切腹而死的"瞬间的闪光"，他将这归结为：最高的美＝死＝选择＝自由，而且崇尚残酷美，把血、死亡与美联系起来。在他的《关于残酷美》一文中，以古典文学中把红叶和樱花比喻为血与死为例，说明人们把生理的恐惧赋予了一种美的形式，并且已经延续了数百年。所以在今天的文艺中把血与死看成是美的观念是理所当然的。他指出："展开主题，残酷的场面是必要的"，因为"将残酷性提高到残酷美，就会增加作品的力度"。

三岛的这种对武道的尊崇和对残酷美的追求，导致了在他的作品中充满了血腥的死亡，同时他又赋予这种行为一种美感。在《爱的饥渴》中农园主的儿媳爱上了自家的园丁三朗，在被公公发现之后，摆脱不了身份悬殊的现实，在与三朗的热烈拥吻中把三朗活活打死，在血与死的交错中，继续一种观念上的爱。《午后曳航》不仅充满了对血与死的渴望，同时把代表海的美赋予海员龙二身上，当小主人公知道龙二为了要与母亲结缘而离开大海，感到了美的逝去，因此和小伙伴密谋杀害了代表美的龙二，通过血与死把美凝固成为永恒的追求。

在主题残酷美的追求之外，在细节的真实方面，三岛也倾注了这种残酷美的要素，对作品主人公死亡的过程进行详尽的刻画，充满了浓重的血腥之气。在《忧国》中，对武山切腹自杀的整个死亡的过程进行了深入细致描写，"血水流了遍地，积血一直浸泡到中尉的膝头，他在自己的积血中一手撑地，颓然地坐在那里。房间里充满了血腥的气味，中尉耷拉下脑袋不停的呕吐着，从他的肩头，可以清楚地看出这个连续不断的动作"。在这样血腥的场面之中，鲜血染在妻子丽子的衣服上却显示出了一种美感，"鲜血把白衣的下襟浸染地那么华丽，看上去，恍若奇异的底襟图案。"美和血的真实在这里纵横交织，形成了一种残酷的美感。

从川端和三岛的作品中反映出来的对死与美不同的审美倾向来看，二人都喜欢描写死亡，同时，最终也以自杀作为了结束生命的形式。但是他们在作品中以死亡来祭奠美的过程中却呈现出不同的特点：川端注重古典美的物哀美的特点，笔下的死亡充满了一种哀怨而虚幻的美感；而三岛则更加强调表现一种残酷而真实的美。这样的差别和他们各自的生活经历、人生观、美学观以及他们生活的时代的不同是分不开的。

从个人经历上看，川端和三岛都经历了日本的死亡的时代，战争、废墟和重建是他们生活中的重大事件，但是川端对死亡的认识比起三岛却有着更加深入的体验，他从两岁到十六岁经历了五位亲人的死别，过早地面对人生途中的"死亡"使他充满了一种忧伤的情绪，"我孑然一身，在世上无依无靠，过着寂寥的生活，有时也嗅到了死亡的气息"，这样的经历使川端形成了忧伤、孤僻的性格，这对他的文学观和死亡观的形成有着重要的影响。而三岛成长在骚动不安的日本战争末期，小时候身体孱弱，长大后勤于锻炼体魄，精于剑道，并学习健身及空手道等，曾自谓精神活动负担过重，肉体锻练恰可求得平衡，可说"文武皆备"。他的死亡观不是来自自身的经历而是来自他对自我理想的追求过程中，希望在死亡中，完成了对文武之道的完美结合和美的永恒追求。

从文学观念上看，二者既受到了日本传统文化的浸润，同时又在外来西方文化的冲击下受到了深刻影响，但是二人的取舍明显不同。川端把《源氏物语》奉为他写作的典范，认为"日本的小说都是憧憬或悉心模仿这部名著的，和歌自不消说，甚至从工艺美术到造园艺术，无不是受《源氏物语》的影响，不断从它那里吸取美的精神粮食，也经常强调平安朝的"物哀"是日本美的源流。"悲哀这个词，同美是相通的。"川端对这种美是十分执着的，他说过："我强烈地自觉做一个日本式的作家，希望继承日本美的传统，除了这种自觉和希望以外，别无其他的东西。"、"我把战后的生命作为余生，余生不是属于我自己的。"而是日本美的传统的体现。因而川端的审美情趣更多地继承了日本"物哀"、"风雅"的精神。而三岛则把中世纪宣扬大义和殉死的武士道道德修养书《叶隐》作为他思想的源泉，体验《叶隐》的人情义理、忠于主君的观念和以死相赌的生活方式，并作为他的行动哲学和生的哲学，在他的《叶隐入门》一文中曾说过"叶隐也是（我的）永远活力的源泉"。

在对西方文化的汲取上，川端更多表现为对艺术技巧的吸收上，把西方现代意识的人道主义、意识流以及心理刻画和传统的日本美学思想物哀美结合在一起，在表现死亡之美上既表现了日本的悲哀之美，同时又把源于西方的颓废虚无之美表达出来，显示了他对东方的精神与西方的艺术技巧的完美融合。对于三岛而言，对西方文化的吸收则是追求希腊的古典主义，思慕希腊艺术的不重精神而重肉体与理性的均衡的特质，尤其注意在这种均衡即将被打破的紧张中创造出来的美，以及憧憬希腊英雄主义和男性肉体造型的宏大气魄。他把日本古典主义和希腊的古典主义融合起来，形成了在文学上赞美男性的青春的肉体，崇尚中世纪日本武道的善的意义上以死相赌的悲壮精神，在生与死、活力和颓废、健康与腐败的对立中寻求一种最佳的美的格式，即血+死+青春=永恒之美。

第三节 唯美主义文学的兴起与影响

　　唯美主义的审美意识仿佛如灵感一样，突如其来。在一瞬间，使人感受到无限的美。那种美似乎超越了时空，呈现出一种宗教式的超然之美。因此这种审美意识往往具有一种朦胧的神秘色彩，这正是刺激读者想象力最有力的工具。

　　为了达到这个目的，日本的文学家往往有意识地通过语言的省略、隐蔽的手法来表达某种情感。这正如维纳斯塑像，假设那是一尊有臂膀的完美塑像，人们在欣赏之际，充其量认为她是个美女。也就是说太完美往往会使欣赏者注重于表面形式，但是没有手臂的维纳斯反而突现了一种神秘色彩。在某种意义上，这个缺陷不是更能暗示出她的个性和生命的多彩性之美吗？文学是一种语言艺术。如何巧妙地运用精辟的语言来表达更深的内涵，这不仅要看作者对语言推敲能力，还要看作者对语言的审美能力和丰富的想象力。特别是诗歌，如何运用有限的语言来表达无限的情感更需要炉火纯青的语言表达技巧。同样，欣赏者如果缺乏想象力和审美能力，不了解语言之象征性的话，就不可能达到欣赏之目的。

一、唯美主义文学思潮的兴起

唯美主义文学思潮是19世界末西方文学思潮史上极为重要的文学现象之一，至明治末年传入日本，对当时"自然主义"占据主导地位的日本文坛产生了极大的震动。虽然它存续的时间较短，但它给日本文坛带来的审美理念、创作手法却深深影响着今后的文学创作，成为新感觉派、无赖派等众多文学流派的创作基础。它脱胎于日本浪漫主义，又与自然主义有着深刻而复杂的联系，然而在面对近代日本文坛前进道路中所遇到的障碍时，日本唯美主义者没有勇气承担探索超越困境的历史使命，这使得日本唯美主义不可避免的脱离正确的目标指向，以对"美"、"艺术"的崇拜来弥补悲观空虚主义所带来的信仰缺失，他们简单片面地否定艺术与社会、人生之间的关系，最终走向颓废主义的悬崖。

但就其本身的成就而言，该文学流派中的代表作家永井荷风、谷崎润一郎、佐藤春夫都是日本文坛不可缺少的坐标式人物，特别是本文即将论述的谷崎润一郎作为该流派的集大成者，他的一生笔耕不辍，创作了大量的文学作品。他早年深受王尔德、波德莱尔等西方唯美主义者的影响，对"西洋"有着极为强烈的崇拜之心，追求形式之美，甚至不惜在"丑恶"、"残拜"之中寻求美，但由于对"艺术"、"美"的认识过于局限在感性认识层面，缺乏像西方唯美主义者那样深刻的理性思考，因此宣告了他有名无实的"恶魔主义"的失败，这使得他不得不转向从传统日本美学中寻求突破。立足"阴翳美学"这一个古老的审美意象，谷崎迎来了自己文学创作的"第二春"，也为日本唯美主义文学开辟了新的天地。

二、唯美主义的艺术思想及其在日本的发展历程

19世纪是文学发展的一个非常重要的具有转折性的时期，在这一时期面对经济、社会、政治等诸多方面变化的广大艺术家们开展了有关于文学与文学家、文学家与社会关系等问题的辩论。在这一背景下，广大的艺术家们以"为艺术而艺术"为口号发起了一场用艺术之名为自己争取更多发展机会的文化运动，这便是唯美主义运动。我们说唯美主义运动并不是简单的某一文艺运动或是一个国家的某一个文艺现象，作为发源西方并传播至全世界的文化运动，它在传播的过程中，常因为每个国家存在的文化差别使之发生某种情况的变异，并且由于这场运动本身颇为不纯粹的人生观和价值观等问题上没有完整的观点，这让我们无法在理论上、系统上给这场文化运动进行总结及归纳。唯美主义者大都有着独特的艺术观点，他们的思想混乱，甚至有些艺术家的观点相互矛盾，常互相嘲笑、攻击。

（一）唯美主义思潮在日本的发展历程及其美学特征

明治末期大正初期，占据日本文坛主流地位的自然主义文学逐渐陷入低迷、混沌中。自然主义者认为创作应该坚持"平面化描写"、"露骨的描写"，遵循对现实生活和人生无理想、无解决、无批判的态度，将人类的自然属性层面作为描写的唯一范围。他们对尊重人性的近代文明产生怀疑，不愿积极地思考出路，只是一味的关注人类的丑恶，他们躲入艺术的"象牙塔"中独自玩味内心的苦闷，认为生命、文明不可避免的将走向消亡，

他们无力也无心解决这一状况。这使得当时的日本文坛空气压抑，创作气氛凝固，甚至到了让人觉得窒息的地步。在这样的背景下，日本的知识分子们开始纷纷寻求出路，这其中出现了一批唯感觉至上、一味追求艺术之美的艺术家们，他们团结在森鸥外周围，以全新的面貌登上日本文坛，他们高举"唯美主义"的大旗，主张"为艺术而艺术"。这其中最为出色的是上田敏、北原白秋、谷崎润一郎、永井荷风、佐藤春夫等人，这些有着唯美倾向的青年艺术家们创办了《三田文学》、《昴星》、《新思潮》等文艺杂志，并在自己的阵地上进行了一系列有益的文学创作尝试，正是这些创作活动开创了日本文坛中极其特别的一个文学流派——日本唯美派文学。

通常我们看到学术界总是认为日本唯美主义派是反自然主义文学的，但真正看来唯美文学对自然主义的"反叛"仅仅局限于对自然主义呆板的创作技巧、单一的表现形式、枯燥的艺术审美倾向的反抗。但两者之间的思想根源是相同的，他们继承了自然主义者虚无、颓废的人生观。但由于他们的人生经历各不相同，导致创作文学作品时所表现出的艺术情趣极其不同。我们看到这其中有的人面向怀古的幽情，有的人憧憬异国的情调，有的人追求精神情趣的享乐，有的人注重感官享乐。这些唯美主义者给当时沉闷的日本文坛带来了一股清新之风，为改变当时日本文坛暗淡、低迷的风气作出了示范作用。但我们也应看到他们的思想根源是颓废主义的人生观。从某种意义上来讲，日本唯美主义文学虽然试图在文学的创作过程中对生命意义等问题进行严肃且深入的探讨，但由于本身缺乏探究问题的勇气，使得日本唯美派无法从真正意义上完成对自然主义的反思，从而丧失对日本文坛进行重建的机会，在运动的后期唯美派的成员往往遁入自我天地，在自怨自艾中抒发情感，在逃避中寻求美，从而展现出一种"偏至之美"。这使得日本唯美派存续的时间不长，尤其是在运动后期那些末流的唯美主义者往往为追求感官上的刺激，不顾及伦理道德，甚至在"丑"、"恶"中寻求声色刺激，这使得日本文坛中出现一大批质地不良的色情文学打着"唯美"的旗帜招摇撞骗。

虽然在历史过程和产生的背景方面日本唯美主义文学与西方唯美主义思潮不尽相同，但思想基础都是悲观颓废主义的人生观，因此他们之间产生的颓废共鸣。他们在共同具有的颓废的价值观、人生观的作用下，缺乏严肃的社会责任和人文关怀，他们单方面割裂艺术和社会、生活之间的关系，以艺术的名义释放心中的孤独，通过美的追求，使心灵得到某种安慰。但颓废的意识无法给他们带来心灵的解脱，在偏至的艺术观的引导下他们不可能有严肃的艺术追求，这使得日本唯美主义者的文学创作也不可能指向正确的艺术方向。所有的唯美主义者都有着相同的特征那就是"偏至"，唯美主义者往往躲入艺术的"象牙塔"中不愿正视社会、人生等问题，他们的人生态度偏激，不愿担负起本该担负的责任，一味只想逃避。正是因为这种"偏至之美"使得唯美主义者不可能也不会主动探究日本文坛的发展之路。他们高举享乐、唯美的旗帜，或沉溺于感官刺激所带来的官能享乐中。或沉溺于超然的精神情趣中。总之，我们看到唯美主义者所表现出的是一种对现实的逃避，因此不能代表文学发展的正途。

当然，日本唯美主义与西方唯美主义比，日本唯美主义者的思想相对局限，他们整体缺乏像西方唯美主义者对人类社会所存在的功利文化、实用文化的批判以及对社会发展的深刻思考，他们往往将目光停留在自己周边。因此导致日本的唯美主义文学缺乏系统化的组织纲领、理论化文学理论和创作原则，加之日本唯美派成员的出身、性情、教养、艺术资质等各不相同，因此审美情趣、艺术趣味也有着很大的差异性。这使得我们更难就日本唯美派文学的艺术特征给出统一的概括。因此在概括日本唯美派文学的审美倾向并不能涵盖所有的日本唯美派的创作，特别是对一些卓有成就的唯美派作家来说，就更应该慎重的研究其文学生涯、美学特征、思想发展变化等具体问题。

归根到底，我们可以总结日本唯美派文学所存在的美学特征主要表现在以下三个方面：

（一）官能享乐主义是绝大多数日本唯美派作家的主要审美情趣。他们具有典型的官能享乐主义艺术观、人生观，盲目追求官能主义，以获得感官刺激造成的快感。在他们看来，唯美就是唯乐。对"美"的无限追求与对"官能享乐"的无限痴迷成为唯美主义者共同的追求，这使得他们在"美"的指引下逐渐堕落，终陷入官能刺激的漩涡之中，在"艺术"中沉迷，在追欢逐乐的放荡生活中一味地注重官能刺激，并将此视为文学创作唯一的灵感来源。当发展到1916年前后，日本唯美主义文学不可避免地走向衰退。不用说那些末流唯美主义者，就是永井荷风、谷崎润一郎、佐藤春夫这样立于唯美风潮前沿的大家，也都大多出现了创作水平下降的情况，出现了一大批标榜"唯美"但是艺术格调却极其低下的风俗小说、色情小说。唯美主义就这样堕落下去，这导致我们在20世纪初期的日本文坛上看到集中出现了一批令人唾弃的色情文学的现象。

西方唯美主义文学思潮有着更加深刻的人本主义内涵，它是针对启蒙工具性、功利主义泛滥对人的异化发起的，但是缺乏理性思考的社会环境给了他们精神上的痛苦感，而他们正是将这疼痛讼诸艺术，期望用艺术去承担生命的意义。他们用变态、享乐、颓废、唯美等偏激的行为方式和思想去对抗社会，表现出的深深的无奈。因此，我们说西方唯美主义文学重视感性、人的本能，把"灵与肉"的矛盾作为文学创作的主要题材，提倡复归人的自然本性来解决理性对人的本性的异化和压抑的现实。所以相比之下，如何渲染官能刺激、如何营造诱惑效果则更被日本唯美派所感兴趣，这使得日本唯美派创作都披上了感官享乐的色彩，失去了文学作品理应拥有的思想深度和严肃性。可见，与西方唯美主义文学思潮具有的深刻的人文情怀、精神情趣、生命哲学相比，日本唯美派文学的艺术追求就显得浅薄了许多，它的审美理念是形而下的，从而缺乏了应有的严肃性和深刻性。

（二）日本唯美派文学作品极具情趣，这种情趣来源于对充满神秘色彩的"异国"的憧憬。"异国"作为"彼岸"世界与现实对立存在，它与现实世界存在距离感，具有一定的独立性，这样可以满足唯美主义者需要营造空想的虚拟世界的审美趣味，符合唯美主义者的审美要求。"异国情调"在东西方的表现也各不相同，西方唯美主义者的"异国情调"表现为对东方艺术的憧憬和欣赏，当时的欧洲社会政治气氛紧张，功利主义、实用主义弥漫在整个欧洲的上空，在这种情况下西方唯美主义者需要寻找一个"他乡",神秘的东方艺术成为他们的唯一选择。他们希望通过将神秘的东方艺术化,使之成为对抗西方功利主义现实社理想。相比之下,"传统趣味"是日本唯美派文学的追寻,日本唯美主义者的审美理念深深扎根在日本传统文化和美学,在日本传统美的世界中构筑自己的"艺术乌托邦",带有深厚的日本美学特征和民族性格。出现这一差别的原因在于日本的近代化源于对西方文明的吸收、模仿,可是在向西方靠拢的过程中日本独有的风俗人情遭到了极大的破坏,这使得他们产生了对日本原有文化的依恋。这与西方唯美主义者的"异国情调"不同的。

(三)日本唯美主义者们价值观颠倒,大都追求与常人有异的趣味。这主要表现为在"丑"、"恶"中寻求美的真谛,以颓废对抗人的异化,这种独特的价值观其实与"异国情调"一脉相承,是唯感官享乐至上、唯感性美至上的审美情调的必然趋势。那些一味追求感官刺激的唯美主义者们为了寻找更为强烈的刺激不得不在那些病态、怪异的事物中徘徊,他们往往发表一些惊世骇俗的言语来展示自己的与众不同。可是随着时间的流逝,这种刺激感也会慢慢减弱。对他们而言,奇异、新鲜的感性刺激永远不可缺少的,但是在我们的实际生活中,艺术和现实生活之间无法解决的矛盾在于对事物的感受会随着年龄的增长、时间的推移,无可奈何地衰退以至干涸。官能上刺激感的减退直接影响那些唯感官享乐至上的作家们的创作能力,对他们而言刺激感的衰退意味着创作生涯的结束,于是他们不得不求助于那些更加病态、怪异的事物,这就是为什么我们在看唯美派作家的作品时总觉得他们的作品充满着痴人般的梦呓、变态的故事情节、极其观念的小说结构的原因。他们希望通过标新立异的创作保持感性刺激的新鲜感，然而这种创作手法往往是有悖于社会伦理道德的。但是唯美主义者从这种体验中得到了某种刺激，体验越是充满病态、越是违背伦理纲常他们从中体味到的刺激也就越强烈。这使得我们看到如谷崎润一郎等日本唯美主义者从不顾及社会伦理纲常，对能满足自己官能享乐的事物无论是"丑"还是"恶"都一味美化、歌颂。所以日本唯美主义者缺乏波德莱尔的"恶之花"对人生、社会所进行的形而上的思考。

正是因为日本唯美主义具有以上几个特征，它的发展结果是可想而知的，必然被历史所淘汰。尤其是到了唯美主义运动的末期许多唯美主义者逐渐陷入创作的低谷，创作了一系列品质低下的作品，他们中的许多人固步自封，长期被人冷落。文学的主题本应是"真、善、美"的，但在日本唯美主义运动中，美与爱已经失去了精神情趣和人文意蕴，被庸俗化了、简单化、片面化。他们甚至倒退回封建时代传统文学的创作手法和审美理念，在江户时代颓废、烂熟的情调中，寻找文学创作的灵感。他们企图将唯美主义的艺术精神与日本传统的戏作文学、江户色情文学结合起来，打着个性自由、人性解放的旗号，反对自然主义文学呆板的艺术表现力，将醉心官能之美的艺术趣味和及时行乐的人生态度结合起来。他们是无忌惮地渲染官能之美，不惧描写违背伦理纲常的行为，甚至将违背伦理纲常的"丑恶事物"如纵欲等都视为美的化身，肆意将其诗化，这与西方唯美主义者给文学附加的严肃的人本主义精神形成了鲜明的对比。

实际上，美是有分别的，它有着雅俗之分、高低之别的，并不是所有的美和艺术有具有鉴赏性，具有能使人脱离颓废的作用。早在20世纪我国最早的唯美主义者王国维在《红楼梦评论》一书中，曾对美的种类有过这样的论述，"优美和壮美，皆使吾人离生活之欲，而入纯粹之知识者"，他认为除了优美、壮美相反的美，还有一种他称之为"眩惑"的美，"眩惑之于美，如甘之于辛，火之于水，不相并立者也"。可见，这种"眩惑"之美与我们所说的的声色之美、官能之美十分相近，这种美在王国维的眼中是登不了大雅之堂的。

这些末流的日本唯美派作家与具有相当高艺术品位的永井荷风、谷崎润一郎、佐藤春夫这些大家是不可相提并论的，他们的成就概括起来大致表现在三个方面：

首先，他们都在日本传统美学中寻找到自己的艺术之路。他们将传统文学与近代文学巧妙地融合起来，从而营造出中西融通的艺术氛围。我们看到无论是永井荷风的"江户趣味"，还是谷崎润一郎的"关西生活"，又或者是佐藤春夫的"风流论"，都是在唯美主义文学思想的基础上创造出来的具有日本传统美学特色的结晶。

其次，他们的文学并没有绝对地脱离人生、社会现实。永井荷风因为对的日本近代文明充满了厌恶之情，为失落的日本传统美而感叹。而谷埼润一郎的颓废意识与荷风相比没有那么深刻，没有那么宽广的人本内涵，他专注的是如何使用表现方式和技巧审美观得到体现，从而满足自身的审美趣味和艺术理想。随着他的年龄的增加和对美的内涵的理解不断加深，他从"西洋崇拜"回归传统，放弃了官能刺激所带来的感性之美，转而注重精神情趣的享乐，以期获得永恒美的体验。而佐藤春夫毕业于西洋，他身上有着近代人的影子，相比其他两位大家而言他深受西方的"颓废情绪"的影响，对近代文明产生莫名的忧虑，担心科学对人的异化，他所创作的文学作品主题往往是那些"残败"的意象，通过精巧的写作手法将这些"丑恶"之物诗化，唯美化，从而打造出一朵朵"病蔷薇"。

最后，这些唯美主义者的最高成就是他们最终认识到，只有平衡而朴素的美才是美的极致。永井荷风的文学成就不在他早年对近代文明慷慨激动、愤世嫉俗的批判，反而是他晚年创作的那些平淡的小品文和人物传记。谷崎润一郎在早期创作中，为探究美的真谛牺牲自己的生活，反而离"美"越走越远，以至于陷入"恶魔主义"的怪圈。当他发现日本传统的关西定式生活实际上就是美，就是艺术的时候，《春琴抄》、《细雪》等巅峰之作随之诞生。佐藤春夫在早年创作中描写的那些神情"忧郁"的作品，反而不及晚年创作的佛教系列作品，"拈花微笑"的美远甚于"神经战栗"的美。

我们仔细研读日本近代文学发展进程就可以发现，从自然派到唯美派最后到白桦派，虽然日本文坛从"真"的迷失到"美"的偏至再到"善"的偏执，但日本近代知识分子的探索始终都是围绕着"真、善、美"这一中心，努力寻求文学与现实的平衡。日本唯美派文学当然也是如此，荷风等人虽然没有摆脱颓废虚无的人生观和价值观，也没有解决问题的勇气，但是他们或独居书斋玩味艺术和生命，冷静超然，或讲究艺术的精致，精雕细刻，或追求精神情趣和风雅，平衡内敛，从而在艺术表现上避免了末

73

流唯美主义者的偏颇，让人们得到暂时的审美愉悦和精神享受。在自然主义文学造成的低迷、苦闷中，让人们的心灵暂时恢复平静、澄明。

19世纪末到20世纪初，日本近代文学的发展进入了相对停滞的境地。我们必须承认这一时期的主要精神倾向是以日本唯美派文学为代表的颓废享乐主义。但是日本唯美主义文学突破了自然主义文学在写作手法和审美理念的限制，重视想象、追求情趣、雕琢技巧，在艺术表现力方面做出了有益的尝试。正像佐藤春夫评价的那样："永井荷风给近代文学这只匍匐前进的鸟以婉转的啼鸣，谷崎润一郎则赋予了它翱翔的双翅。"永井荷风、谷崎润一郎、佐藤春夫他们以各自的方式不断地探索，尝试如何消化，融合传统与现代、西洋与东方的矛盾。他们的文学立足于日本传统，并且对传统表现出了相当深刻的理解。在这一前提下，他们的文学不仅获得了与世界文学同步发展的可能性，营造出东西融通的艺术氛围，丰富了日本近代文学，也为中国文学借鉴西方文学提供了一个值得借鉴和研究的范式。

第四章 日本文学在社会生活的体现

第一节 日本文学的语言环境

　　语言是一种文化。而作为文化，与除了语言之外的文化之间也是有着密切的关系的。这里所说的文化的概念并非是人们通常所指的文学艺术等那种经过提炼升华过的文化，而是指那种广义的具有民族性的传承行为及其思维模式。这种对文化的认识，已经成为当今语言学或人类社会学领域的共识。

　　这种意义上的文化差异在我们的日常生活中不胜枚举。就中日饮食文化而言，日语中有关鱼类名称的汉字词汇非常丰富，不用说，这与其所处的四面环海的地理环境有着密不可分的关系。日语中带有鱼字部首的汉字有上百字。当然，其中包括了许多由日本人根据"六书"造字原理创造的日本"国字"汉字。与此相比，汉语中有关猪马牛羊等动物的名称及其各个部位、内脏的名称之多可以和英语相抗衡。这些词汇差异无疑是基于中日两国民族的传统饮食文化结构的不同而形成的。日本的著名语言学家金田一春彦曾经指出，日语的固有词汇中，表示动物内脏的仅有"肝(kimo)"和"肠(wata)"这两个词。究其原因，就是因为日本民族的食鱼性而非食肉性这一文化所致。这一观点，追根溯源，《后汉书》〈倭传〉里"无牛马虎豹羊鹊"的记载可能是最原始的佐证。

　　长期以来，日本人由于受佛教的影响，直至明治时代，仍然视"食肉"为野蛮的行为。例如日本的一种汉字词汇字典《音训新闻字引》对"文明"一词的解释是"所谓文明即云人道礼仪之端正优美也。"当世虽称文明，观世人之行态，多以粗暴野蛮食肉为是也。"可见"粗暴野蛮食肉"不是文明的表现。日本的"食肉"文化是进入明治时代之后，在"文明开化"的旗帜下作为西方近代文明之一而被引进日本社会的。明治时期的著名作家假名垣鲁文对食肉一事大加赞誉。"士农工商男女老少、贤愚贫富必须团结一致，若不吃牛肉火锅，文明开化就无法得以推进。"当时流行的"文化锅"、"文化包丁"这些带有"文化"前缀的词就是在这种时代背景下应运而生的。而牛肉的各种食用方法也作为这个时代的产物逐步发展，最终牛肉反而成为深受大众青睐的食物。

　　语言与文化有其各自的结构。一般来说，人们容易将自己或本民族的文化内容有意无意地扩大化、绝对化，认为自己的文化具有普遍性。无疑，这是对构成文化的重要要素——语言的错误理解的开端。日本人对于外国的文化特别是强势文化，并不视为异端，不抱抵触情绪和偏见，坦率承认它的优越性，竭力引进和移植。大化改新前后对隋唐文化，明治时期对西欧文化，二战后对美国文化的吸收，可以说是外来文化吸收的三大高潮，其特点是以整个国家的规模进行全方位的吸收。像这样酣畅的文化吸收在世界历史上是不多见的。但日本文化的开放性的背后，还存在着一个更为深刻的内在的文化容纳选择机制和交融、同化过程。

任何一种外来的技艺和文化现象，日本人可以很快地结成有力的组织进行研究和吸收，加上他们自己的理解，加以适当改造，发展成为具有日本特点的东西。日本文化的吸收性和主体性又可以归纳为日本文化的多元性特征。文化的多元性指的是日本固有文化和外来文化的统一。一方面，日本是一个历史悠久的国家，在长期的发展过程中，形成了根植于本民族的、自己独特的本土文化；另一方面，在不同的历史时期，不断吸收、借鉴当时世界上其他民族的先进文化，并使之融合成为本民族文化的一部分。政治是新旧制度混存，衣食住是和洋折中，宗教是神佛基督同时接受，这些在日本的语言中都有具体的体现。

日本的多元化还体现在移民问题上。由于对民族单一性的强调，长期以来，日本一直是作为非移民国家出现的。即使到上世纪80年代之后日本都是经合组织(OECD)国家中外国人人口比例最少的国家。尽管如此，根据2009年统计，在日的外国人数量已经达到215万之多，成为日本社会中一支不容忽视的文化群体。在日外国人可以简单分为三类，即旧来者、新来者和超期滞留者。所谓旧来者指的是1947年之前来到日本的获得永住资格的外国人及其后裔，主要是被日本掠来充当劳工的朝鲜人、中国大陆人和中国台湾人，他们约占在日外国人的三分之一。所谓新来者指的是上世纪80年代之后因日本劳动力匮乏而来此寻找工作机会的外国人。新来者除朝鲜人和中国人之外，还有许多菲律宾人和拉美人，他们占在日外国人的一半以上。所谓超期滞留者指的是新来者中部分签证到期但仍滞留在日本非法打工的外国人，他们约占在日外国人的七分之一。一些称呼的词汇上就能看出日本人的态度。

产生多元性文化特征的原因也是由于其岛国的地理特征，因为与外隔绝，加上自身文化处于相对较低水平的状态，所以日本人对不同性质文化充满了好奇心，开放性的大量吸收了先进文化；也正是因为与外隔绝，给予了日本人吸收的主导权，时势好的时候，或需要的时候，日本通过大海从大陆将文化移植过来；时势恶化的时候，或不需要的时候，日本又利用大海将交流之门暂时关闭。并在闭关期间将所移植之文化消化吸收，成为自己的东西。同时，由于日本人的价值观不像中国人或多数西方人那样，用一个善的或恶的标准来规范一切行为，而是强调是非的相对性，不把事物简单定性的价值观促进了多元文化的形成。

第二节　日本文学的沐浴文化

日本人对洗澡情有独钟。日本是世界上鲜有的男女混浴、父母子女混浴的国家。日本的洗浴历史源远流长，也是极少数钟情于男女混浴、父母子女混浴的国家。在世界洗浴文化之中独树一帜，形成了自己特有的洗浴文化，通过洗浴文化的可以发现日本的社会文化一角，了解日本社会的发展轨迹。从而深入了解日本民族产生这种文化现象的原因和日本民族洗浴文化，从中找出这种文化与其他文化相联系的地方，可以得出日本民族特有的文化现象，以便更好地了解日本民族。

一、日本洗浴文化的历史

日本人的洗浴文化历史悠久，可以追溯到狩猎时代日本人，那时的人们，一开始的洗浴方式是在河、湖、海里共浴。据日本最古老的文献《古事记》、《日本书纪》记载，人们看到鹿、熊、鸟等动物把受伤的部位浸入温泉疗伤而受到启发，逐渐开始学会泡温泉。后来发展到农耕时代，人们开始群居在河边或湖边，沐浴就开始融入人们的日常生活当中。日本人开始水稻耕作，从而使古代的日本人达到相对稳定的温饱。所以日本人对大自然产生了敬畏，把能给人们带来丰收的水奉若神明。后又因佛教的传入，沐浴文化也传入日本。佛教认为沐浴可以除去身上的污垢，可以使身体清洁。可以说日本的洗浴文化和宗教有直接的联系。

爱洗澡是追求洁净的具体体现，日本对于洁净有其独到的见解，这主要源于日本独特的自然环境中孕育的神道教的影响。据日本文化厅《宗教年鉴》的统计，日本信奉神道教的人数达到10600万之多，对总人口12000多万的日本来说几乎是全民信奉神道教。以传统的民俗信仰和自然信仰为基础的神道教重视现世，认为自然万物皆有神灵，要尊重自然的中心思想扎根于日本人的心中。因此有很多神社广泛地分布于日本各地，关于神的传说也广为流传。其中关于伊邪那歧命和伊邪那美命的传说是最重要的传说之一。神话中，伊邪那歧命深爱的妻子伊邪那美命在生产火神时死去。他去黄泉国寻找妻子，结果发现妻子浑身污秽不堪的样子而与妻子决裂。为了祛除从黄泉国带来的污秽，伊邪那歧命在河水中"禊袚"洗净身体。神道教认为人和神一样同属于大自然，人是神的分体。神应该是干净纯洁的，作为神的分体的人也应该是洁净的。

二、日本独特的洗浴文化

日语中关于洗浴通用的说法是"风吕"。现代风吕分为三大类，即公共浴室、家庭式风格、温泉。日本人的公共浴室也称"钱汤"。"钱汤"的洗浴方式一般分为洗和泡两个程序。先在洗澡间用小桶盛水洗净身体然后到泡澡间浸泡。也有洗澡间和泡澡间合二为一的情况。这种洗和泡分开的方式一直传承至今，在泡澡池外完成搓、擦、洗、涮的程序之后再入池泡澡也是当今日本最重要的洗浴方式。上司和下属一起洗的情景也屡见不鲜。这是日本人培养默契和精神相合的独特方式。

比较高级的"钱汤"具有洗浴、社交和娱乐等多项功能。这样的"钱汤"多为两层建筑，可以在洗浴后听单口相声、喝茶、吃点心、下日本象棋、下围棋等。具有多项功能的"钱汤"成为人们相互交流和各种信息的集散地，江户时代剧作家式亭三马的《浮世风吕》便是当时"钱汤"繁荣景象的真实写照。另外，值得注意的是，"钱汤"更着重于浸泡，悠闲地泡澡使人们有比较长的时间进行交流。这样的交流方式在日本包含了与对方坦承相对没有丝毫隐瞒的意思，"钱汤"是人们平等相处、亲密交流的场所。

日本民俗学家柳田国男在《风吕的起源》中指出，"风吕"可能来源于6世纪前出现的在岩洞中进行的原始蒸气浴，因为"风吕"的发音与表示岩洞或地下室的"室"发音相似。公元6世纪随着佛教东渐洗浴文化得到长足发展。奈良时代开始在东大寺、法华寺等地为僧人的斋戒沐浴开设浴堂，并向民众开放以布教为目的的"施浴"。这样的"施浴"在传播宗教意义的同时，使百姓感受到洗浴的舒适和乐趣。这种洗浴方式在其后的平安时代、镰仓时代、直到十六世纪末的室町时代经久不衰。与此同时，10世纪左右开始出现少数以营利为目的的"钱汤"，即需要付费的公共浴室。15世纪随着武家文化的兴盛，武士和贵族在洗浴后开设酒宴其后带有娱乐性质的洗浴方式开始传播。17世纪的江户时代，集实用性和娱乐性为一体的"钱汤"文化发展壮大并逐渐取代了"施浴"。"钱汤"不仅满足人们洗浴的需要还成为重要的社交和娱乐场所。直到20世纪20年代日本才开始在住宅内修建浴室和厕所。70年代后淋浴从美国进入日本人的生活。

随着西方文化的引入，日本出现了家庭洗浴设施，而日本的室内洗浴方式与我们的洗浴方式有所不同。日本的洗浴方式同样是先洗再泡的顺序，而先用水洗干净身体，之后再进入澡盆或浴池中。在浴池中的日本人也只是泡澡，而且我们最无法理解的是日本人居然会一家人用一盆水洗澡，一般日本人泡澡的顺序是爸爸、儿子、女儿、最后才是妈妈。外国人无法理解，会认为日本人不干净，其实则不然，日本人泡澡只是享受泡的过程，他们求的是精神的释放，工作一天的日本人最惬意的休闲方式也就是泡澡。

日本是一个多地震的国家，频繁的地壳活动造就了星罗棋布的无数温泉。有"温泉王国"之称的日本和我国同受东方文化的熏陶，但日本人泡温泉的方式却与我们不尽相同，形成了日本独特的泡温泉方式。日本人在泡温泉时全身赤裸，随身只带一条小毛巾，且小毛巾一般不放入池中。男性与女性共浴一池，赤条条无牵无挂，还可以相互搓澡。和中国人穿衣裤泡温泉完全不同，在日本人的眼里，穿衣裤入浴反而不卫生，达不到完全融入自然的意境。

男女共浴一直持续到明治天皇时期。明治天皇提倡全盘西化，出现了所谓的"男女有别"观念，于是，男女共浴开始不被认同，其实变化也不是很大，也就是在男女中间挡上一块1米长的布帘，就算是分开了，有些地方仅仅象征性地挂根绳子而已。后来随着西方文明的引入，外国人认为日本"男女混浴"有碍社会文明，向日本政府提出异议。于是明治政府从1872年禁止男女混浴，但是屡禁不止，到了现代已经形成了日本独特的洗浴文化。如今的日本还有部分实行男女共浴的温泉，通常分别设有女性洗浴的专用时间段和男性沐浴的专用时间段，其余时间则是男女共浴。现今各种各样光怪陆离的洗浴方式像"沙滩浴"、"啤酒浴"等更是层出不穷。

三、试论日本独特洗浴文化的深层内涵

日本独特的洗浴文化来自于其传统文化中"和"的观念。日本人称自己为"大和民族"，其文化讲究的是"和"。同大自然的"和"，人与人之间的"和"，都融入其骨髓之中去了。日本的洗浴文化讲究泡澡，洁净观念的同时更讲究的是精神与自然的融合。古代日本人泡在江河湖海是为了融入自然，感谢自然带来丰收，带给他们食物和一些生活用品，后来虽然修建了墙壁把人和自然隔离开来，但是精神上的沟通不能少。另一方面，日本人在钱汤里可以毫无顾忌的说笑、沟通，也是体现了"和"的观念。只有在澡堂里，人们才可以脱去身上的一切束缚，把他们最原始的一面体现出来。不管你是士农工商的哪个阶级都可以平等对待，大家都是一样的。温泉的混浴也是一样，他们这里看到的不是男人女人的区别，而是大家都是一样的人，平等的人，合为一体的。大家都是大自然的一部分，是没有区别的，正是"和"的思想带来的这一文化理念。

日本的洗浴文化起源已久，其独特的洗浴文化不仅丰富了本国的文明内涵，也影响了周围国家，其独特的泡澡方式也吸引了很多外国朋友。日本文化的"和"思想体现在其方方面面，洗浴文化只不过是其中之一。

第三节　茶道文化的文学内涵

日本茶道是日本的茶爱好者所尊崇的茶道礼仪的简称。日本茶道文化中蕴含着丰富的文化内涵与日本独特的审美特征，型、气、美、味可以说是日本茶道的四大文化元素。

在日本，茶道是一种包含了历史文化、地域风情、优美艺术、儒学思想等内容，在社会生活的各个层面中都有所渗透。日本的茶道是日本独特的生活文化，在许多生活元素中掺杂了本土的文化习俗，将茶道逐渐发展成为一种以追求身心快乐和生活品味为主的艺术形式。因此，对日本茶道文化的阐释和对其文化内涵的探究更加具有现实意义。

在日本，最纯正的茶道被称之为"草庵茶"。草庵茶的茶道是对高贵、财富、权利的彻底批判，以及对低贱、贫穷的新的价值发现与价值创造。茶道已成为日本人最喜爱的文化形式，也是最常举行的文化活动，喜爱茶道的人比比皆是。为追求茶道而终身不嫁的女子，为追求茶道而辞去公职的男人屡见不鲜。现在，茶道被认为日本文化的结晶，日本文化的代表。

一、日本茶道涵盖的内容

日本的茶道内容几乎涵盖到了日常生活的方方面面。简而言之，它是有关沏茶、饮茶的礼仪，通过各种程式化的形式来达到修养身心、传承礼法的目的。

日本的茶道所创造出来的时空是一个非日常状态的时空。其品茶赏茶的场所都是其重要的精神象征的所在。因此，人们也喜欢用"和、敬、清、寂"这四个字来形容日本的茶道精神。日本茶道中的清包括众多的洗洗涮涮和清扫的动作，这些不仅仅是简单层面上的清扫，也是对于修习者心灵的净化和升华。此外，日本的茶室有着精巧的建设格局，可以说是日本建筑中的精华，茶室的建筑充分的运用了自然元素，体现出日本人热爱自然的心境，茶室中的门、天井等都被赋予了各种意义，这也充分的说明了茶室是人们修习的一个重要场所。

在中国，茶文化的普及受到禅宗的影响。自茶道传到日本以来，其与禅宗的联系也变得更加密切。茶道融合了佛教、儒学、道教以及基督教的思想等众多的元素，人们在茶室中，运用各种茶具进行点茶，在日本的茶道中，易经思想可以说是它美学发展的重要指导。在日本茶道中，人们在各种的场所和茶室中营造出了一种非日常的时空，在研习茶道、赏茶品茗中追求自身精神的升华和个人品味的提升。同时，将这种精神与品位反映在人们的生活中，将个人在茶道中的体验以及获得的心得应用于生活实践中。可以说，在茶道中，人们所追求的精神上的东西，也是人们在现实生活中所向往的东西。茶道存在的意义，除了作为一种艺术，更重要的是对人的洗礼。

二、日本茶道的文化理念

日本茶道的理念可以用"和、敬、清、寂"四个字来描述。这也是对人们修养精神、提升个人修养和礼仪的深度概括。茶道自中国传入日本，结合日本当地的发展和文化的交融，逐渐的发展成为日本独特的饮茶艺术。

和，取自于日本的"以和为贵，无间为宗"，在中国的诗经中也有着相似的描述。和，代表着在人与人的交往中，要保持平和的心态和态度。茶道讲究的不仅仅是茶人之间的和睦相处，更重要的是讲求社会中的和气，讲究主客的和合，避免过分的熟悉或亲密导致的主客关系的混乱，从而使人们失去了敬心。所以，在强调"和"的同时，也要注重"敬"。日本茶道中讲究的和，就是指人、物两者之间的和合，这种和合所代表的更深远的意义，就是万物归一的思想。

敬，有尊敬之意。《论语》中的敬，有尊敬之意，更有严肃、慎重的意思。在人与人的交往中，要注意礼节尺度，相互敬重。日本茶道在长久的发展中，"敬"更是具有了更加深远的意义，寓意着上敬天、鬼神、君主、双亲以及朋友等等，而下要敬万民。日本是一个注重礼仪的国度，因此日本更加讲求人与人交往中彼此之间的敬意。同时，这种敬不仅是对外的，要对其他人表现出足够的尊重，更是对内的一种恭敬，加强自身的修行，同时具备内省的精神，在茶道上则变现为茶人与茶友之间的交往中要将中国的《论语》作为道德标准，在长久的交往中能够让人对自己有一种尊敬，这需要自己不断的磨练修养，这也是茶道的宗旨之一。茶道中讲究的专注与归依，是对佛教和儒学的传承，意味没有杂念。总结而言，日本的茶道中的敬可以归结为敬事、敬人、敬业、敬物这一崇高的境界。

清，就是佛教所说的清净。佛教教导人们要致力于保持清净无垢的心，不产生任何邪念，如果产生任何的与自身条件不符的欲念，则称之为妄想。茶道则致力于抑制或是摒弃这些欲望。茶人与茶友品茶时，随着茶的清香放空自己的欲望，会有一种脱离现实世界之感。日本的茶道要求参与茶事的人，要具有清洁之心。

三、日本茶道的文化内涵

（一）日本茶道的礼仪

日本的茶道将礼作为其行为准则，日本将茶道视为治国的基础。日本茶道的礼节也是由中国的《礼记》发源而来的，中国人将其运用到佛法中。日本的茶道也沿袭了这一做法，茶道的宗旨就是要传扬这一正确礼法。在茶道的茶会或者是茶事过程中，也有各种礼仪性的要求。

茶道讲究诚信、修身、礼法、仁义、顺天理，这些都是茶道的本意。所谓的茶道，并不仅仅是简单的喝茶享乐，更应该由茶道中蕴含的道德性来规范自身、修身养性，并将这种修养和善心进行传承和发扬，可以说，茶道也是道学。在我们的生活中，我们的一切都脱离不开人道，因此，人们通过茶道学习礼仪，提升自身道德修养，使自己的人生更加的完满。从茶道的观点出发，宇宙中的万物都是平等的，一切的事物都可以从茶道中发现其发展的规律。茶道完善于宗教，也对人有洗礼作用。

（二）日本茶道的文化审美

传说，武野招鸥和千利休两人在应邀赴茶事的途中，发现了一只缺少一只耳朵的青瓷花瓶，千利休认为只有将完整的花瓶充分破损后才可以适于空寂茶，才更加的符合于空寂的氛围，相反地，即便是青瓷，只要有些许的残缺便会被贵族式的茶道院摒弃，可以说这是日本尊崇残缺美的一种独特的审美特征。当然，中国茶碗在日本的流行，也是源于千利休所倡导的禅茶一味的空寂草庵茶，这是当时日本最为流行的。

在茶道发展的过程中，茶的要素中也包含着风流风雅的意味，缺少了这一韵味的茶道可以说是枯燥无味的。茶道中所谓的风流风雅，可以说是与自然同化的一种心境的自然流露，是一种畅心所欲的自然而成的状态。因此，只有立足于自然天然的环境下的纯粹的东西，才是真正的风雅的东西。

日本素来追求简素，也就是所谓的简单素雅，这是一种单纯、简洁的状态，不过分花哨、也不啰嗦冗长，而是一种淡雅朴素的自然而然的感觉。在日本，茶室的构造就十分的简单朴素，因为在茶道发展中，"无"的思想一直贯穿在其发展的整个过程中。茶道的简素可以说是日本茶道精神中"无"的一种外在表现，比如，日本茶室的装修和装饰都是力求简约的，茶室中挂的画也都是简单朴素的，除了表面意义上的简单朴素，茶道所拥有的简朴美还包括有整洁质朴、稚拙雅致、淡雅粗糙和古香古色等意义。例如日本茶室中的柱子就是不规则的形状，但它却十分的美观，有着粗糙质朴的感觉。此外，简素也是禅宗的一个特征，这一点也再次的印证了禅茶一味境界的真实。

在日本的茶道中，无论是品茗赏鉴还是悟道修身，都会给人一种放松的感受，让人在接近自然的环境中得到升华，品味恬淡。日本茶室的建筑和茶道的传扬研习，都会给人一种洗礼，让人在舒适的感受下回归自然，感悟茶道中的精华。

四、研究本茶道的现实意义

研究日本的茶道有着广泛的现实意义。首先可以深入的了解日本的文化特点和日本人的精神形态；其次可以以茶为核心加大中日两国之间的交流，拉近两国距离。对日本茶道研究的现实意义主要可以阐述为以下四方面：

首先，日本的茶道象征着日本独特的生活文化，从而由茶道滋生出了众多的日本文化内容。此外，许多的礼仪规范也是由茶道衍生而来的。总之，茶道可以说是日本社会文化的缩影，研究茶道有助于更加深入、直观的了解日本文化。

其次，茶道的修习和研究具有独具特色的研究方法。它可以兼顾理论和实践，强调应用性。从古至今，茶道在社会的各个阶层都受到广泛的欢迎。因此，通过研究日本的茶道，就可以深入的了解日本人的思维模式以及人格形成等国民性的认识。

再次，日本的茶道起源于中国，通过对多年发展后的两茶道进行比较，就可以分析得出日本茶道乃至日本文化的一些本质上的特点。

最后，茶作为人们日常交流品鉴的必备饮品，可以说它是一个色、香、味俱全的东西，这种品茗时的意境完全契合人们的精神追求，并且茶道精神中蕴涵的各种文化内涵边与社会的发展相适应。因此，对于茶道的研究和弘扬，在现代社会的发展中也有着深远的意义。

日本茶道主要强调的是修炼身心，用于提升人的精神品位，并在逐渐的发展过程中成为礼仪的象征而在社会中广泛流传。饮茶习俗由中国传入日本以后，受到日本社会各界的欢迎和追捧，加上在良久的发展过程中人们的创意和不断丰富其式及内涵，使其形成了"和敬清寂"的精神理念，并逐渐发展成为日本精神文化传承和发扬的象征。

第四节 建筑文化的艺术文学体现

日本现代建筑艺术与现代文学艺术，以独有的姿态在建筑界和文学之林盛开成一朵奇葩，似乎各自精彩着，并无关联，但实质正如源远流长的日本文化，互相之间的关系千丝万缕，一言难以道尽其中的诸般牵扯。

春华秋实、日圆月缺，在岁月的慢慢流逝中，很多人已经对周遭万象习以为常、视若无睹。当秋天第一片叶子凋零，欧美人只会裹紧他们的大衣，继续步履匆匆地前行；而日本民众，会轻轻拣起树叶，感物伤怀——将它装点在自己家中的墙壁上，装点在诗句中，装点在梦里，这便是日本民族独有的审美情趣——

"物哀美学观"。

物哀，是"我"(主体，内在)与"物"(客体，外在)的共振和同情。日本常年被雾霭笼罩，无论是繁花似锦还是庭院深深，处处皆是月朦胧，鸟朦胧，卷帘海棠红。而自然灾害的频频侵袭，又使日本人坚信美好事物转瞬即逝。

然而，物哀的"哀"，并非哀痛，它乃指与三生万物的共鸣。这物我相感又物我两忘的境界，在日本文学与建筑艺术中都可窥见一斑。叶渭渠说："物哀作为日本美的先驱，在其发展过程中，自然地形成'哀'中所蕴含的静寂美的特殊性格，成为'空寂'的美的底流"，川端康成本人也曾强调："悲与美是互通的"。

哀到空寂，便也是美到极致。而这种极致反映到日本现代建筑中，反映到建筑艺术上来，即闲寂、幽雅、朴素的诗意空间，这在安藤忠雄的建筑中体现尤深。在"光之教堂"中，早上的第一缕晨曦透过墙面上镂空的巨大十字，缓缓流泻进来，随着太阳渐西，十字的光在空间内慢慢推移，游移在教堂的每处：不加任何修饰的清水混凝土墙面，用最本质的自我去触摸自然，去接近最靠近"道"的述说:直线的构架，简洁的外形，抛弃复杂忸怩的面具，在减法主义中去伪存真，这便是最有力的语言，用洁净的形式阐述深奥的哲理，正如佛家所云："佛语在家常话中"。

那巨大的十字架，并没捆绑受难的耶稣，没有高高在上的布道者，没有背负原罪的压抑，更没有虚无缥缈的承诺，有的只是延伸墙面的十字架，静止的空间仿佛有了呼吸，伸出触角，在暗色中光亮地蔓延，直达每一个边缘——实底虚形，虚虚实实，虚实变幻间，十字架俨然架起整个空间，托者神圣的真言。而光，悄然地透过十字架流淌，日出日落，春来秋去，光在变化着，在空间内外游移着，它照耀着三生万物，也沐浴着祷告的人们——所有日出日落、四季更替、兴衰荣辱，也许都凝成光耀射向你那一刹那的领悟，醍醐灌顶时，你已经通向了永恒。没有哥特教堂的森然，没有巴洛克教堂的堂皇，有的只是无声、无息、无色、无味，大音希声，大象无形，传道便在悄然中展开。

日本人一面乐安天命，一面又蠢蠢欲动，渴望冲破这狭闭塞小，去寻求更广阔的天地。这就形成了日本民众内敛又张扬的双重人格，如此矛盾的极致，却又以一种奇妙之姿完美融合，闪现着诡谲之波。在日本现代文学巨匠中，既有奔放不羁的夏日漱石，又有悲观厌世的芥川龙之介，还有渲染唯美至上的享乐观和颓废思想的谷崎润一郎，更有坚持坚定无产阶级信念的小林多喜二，可以说是动荡的时局造就了他们。但在同一作家的创作中，却表现了迥然不同的风格，就颇有意味了，这便是川端康成，这位将日本美表现到极致的文学大师。到了后辈的村上春树，即使大胆的批判传统文学转笔西方时，却仍有两种截然不同的创作倾向：有的作品采用新感觉派写法，极力强调主观感觉，浓墨重彩；但有些作品却用朴素、简洁的白描手法勾勒出世间众生像。

这些文学界上矛盾的碰撞，并非偶然，正是得源于日本文化艺术的根源：绳文文化和弥生文化。就两者之间来说，绳文代表传统、复杂、粗犷、力量；弥生文化代表现代、简练、细腻、智慧，日本造型艺术的源流即是这。在日本的现代建筑界内，便有以藤森照信为代表的朴拙建筑形式的"新绳文派"，和与之对立的隈研吾为代表的"新弥生派"。

上个世纪，日本在战后不久出现了现代主义建筑风潮。丹下健三等人设计了一系列带有现代主义宏大感的纪念型建筑，其中充斥着对力量的迷恋。次年，日本现代建筑史上的传奇人物白井晟一在《新建筑》上发表了《绳文的事物》，这才诞生了现代意义上的"绳文派"。而丹下一派自然被喻为了"弥生派"。

说起白井晟一，这个1935年从国外留学归来的设计师，受存在主义哲学的影响，他将废除了的东西和存在着的东西结合在一起，以复杂的姿态对抗着当时那个"非人性的社会"。虽然，理想的乌托邦家园依然遭受着某些冰冷的现代主义的踩踏，但白井依然坚持自我，毫不妥协，被誉为"白井神话"，而他的建筑生涯也在1975年的怀霄馆中达到了顶峰，在原有日本式的形式构成中加入了毛石的粗砺感，简单的几何构成又似回归到了远古时代，外部形体的诡异与内部空间的精巧形成了鲜明的对比。这栋建筑一直以来都是"绳文派"最好的解说。在白井之后，有藤森照信前赴后继——1991年，藤森家乡的一个小村落要建一个小建筑，他们决定请当时未有一个建筑问世的藤森来设计。藤森接下这个项目，做了他的第一个被称为"新绳文派"的建筑——神长官守矢史料馆。茅野，正是真正的古绳文时代的著名文物的发源地之一。藤森在做这个建筑时，一点不被钢筋混凝土的建筑结构所禁锢，挥洒自如，亲自从山上选用木材，在建构时留下木材特有的分叉、弯曲，和着当地泥土的气息，又用手工的方式留下粗砺的斧痕，倒成了有意味的设计。而这意味正包含着对现代主义某些冰冷、千篇一律姿态的对抗。即使室内外暴露出的构件也均为自然和"拟自然"材料,触手的粗糙,反倒成了心底的温暖。

就在绳文与弥生之争中,1951年,随着第八次国际建筑会议"地域主义"的提出,1955年日本忽然醒悟,迸发了"是搞传统,还是搞现代"的论争。在这众说纷纭的论争中,其实有些已经慢慢明晰,即是一个问题的提出——如何在艺术之林中独树一帜?答案便是"民族的就是世界的"。

在那场轰轰烈烈的1955年的大讨论中,丹下健三在题为《如何理解现在的日本现代建筑——为了创造而继承传统》的论文中,阐述到建筑师进行自己的创作实践时,思考传统的两种方法:一是因袭传统形式的方法,一是继承非形态的精神的方法。丹下健三持前者观念,安藤忠雄却认为,只有继承根本的精神性的东西,才能将之传承下去。在其作品"TIME'S"中,他尝试着将河水引入建筑内部,这种天人合一,万物回溯本源的禅意倡议,却遭到了规划部门的反对,在强制加了一堵墙的情况下,安藤选用了能以本色肌理去触摸人心的混凝土砌砖——日本的庭院的亮点是通过墙的作用使人领略到墙外美景,"TIME'S"的这堵墙,恰好有此妙用。即使现代主义中的国际主义风格,那千篇一律的方盒子,安藤也要赋予属于日本民族文化意味的生命。

在另一个领域——文学,大师川端康成的创作,尽管经历了是醉心于西方文学技巧还是全盘继承日本传统文化的摇摆,但他终走上了将日本传统精神与西方现代意识兼容并蓄,寻找东西方文学融合的"桥梁"之路,在东西方文学比较中寻找到日本民族文化的根,探索到传统文化再创造的理念和方法,确立了自己的历史地位。正因为如此,川端康成这种艺术创造性的影响,超出了日本的范围，而且不仅限于文艺方面，它对于促进人们重新审视东方文化具有重要的启示意义。

在艺术汪洋的朵朵浪花中，建筑艺术与文学艺术也许同等艰深，在它们各自放异彩的时候，共通之处的寻找，不仅是一次奇妙的艺术之旅，更能为我们学好日本建筑乃至其他建筑艺术找到一把奇妙的钥匙。

第五章 文学艺术与日本文学的关联

第一节 动漫艺术中歌词语言魅力

在动漫产业持续发展的今天，各国青少年或多或少都受到了日本动漫的影响。动漫歌曲的歌词作为动漫的重要组成部分不断发展成熟，虽然歌词领域的相关研究不少，但对动漫歌词尤其是日本动漫歌词的研究却不多。

歌词具有文学性和音乐性双重美感，动漫歌词还与动漫情节密切相关，丰富故事中蕴含的感情。日本动漫动词分为治愈系、热血系、欢乐系、新世纪音乐四大类。歌词的译文通常会影响观众对作品的理解，运用翻译美学理论分析日本动漫歌词的汉译，探讨动漫歌词的语音、词汇、句法层次的形式美和歌词整体感情风格、文化层次的非形式美。

一、动漫歌词的种类

歌曲歌词同时具备了文学美以及音乐美，是人们喜闻乐见的一种艺术形式。日本动漫的音乐和歌词随动漫的发展而发展，如今，作为专门的研究领域，产生了不少优秀作品。无论是悲伤还是幸福，歌词传递出与之相应的美感，镌刻在观众心底，引发共鸣。与网上的动漫音乐分类有所不同，动漫音乐大致分为四类：治愈系、悲伤系、空灵系以及新世纪音乐。

(一) 治愈系

说到治愈系,就会让人联想到放松、慰藉、治愈心灵等词汇有关的动漫作品。治愈系歌词和治愈系动漫一样,通常能让人们的心灵恢复平静,放下并治愈曾经受过的伤。质朴而略带寂寞的歌词,加上柔和自然的旋律,展现了四季如画的美感。歌手吉田有希清新而不加修饰的歌声流转在鸟叫声、流水声、轻风拂动声中,让人不知不觉就沉浸在歌声纯粹的世界中,感受到动漫中姐弟亲情,生者对逝者的怀想。也就是在歌词传达动漫感情时,观众忘却自身烦恼,豁然开朗,身心愉悦。

(二) 热血系

热血系动漫音乐和其动漫一样,通常具有让人热血沸腾、激情澎湃的特点。动漫中充斥着情感、梦想、奋斗之类的元素,主人公总是历经千难万险,超越所有困难,朝成功前进。热血系歌词和动漫呼应,也能让人们情绪高涨。以《犬夜叉》歌曲为例,高昂的旋律配上积极向上的歌词,使观众的激动情绪得以迸发,观众随着歌声进入犬夜叉的世界,开始一场穿越时空的爱恋与冒险的故事。

(三) 欢乐系

欢乐系指的就是,能够让人心情欢乐的动漫歌曲歌词。此类动漫也多属于恋爱、青春、日常的轻松搞笑的动漫系列。歌词简单,朗朗上口。轻快的旋律营造了一种轻松欢乐的氛围,让人感到五分钟短篇动漫内容的欢乐延续。

(四) 新世纪音乐

新世纪音乐始20世纪60年代,日本的代表人物有喜多郎、久石让以及S.E.N.S.等人。一言以蔽之，新世纪音乐具有让人们的心灵回复平静，重新让人们思考人与自然的关系，让人们因感动而净化心灵的作用与特征。淡淡的忧伤实际上是对美的世界的向往，整首词中洋溢了一种永不放弃继续前进的信念。久石让的音乐带我们进入天空之城，这个世上罕见的和谐世界之中。

二、动漫歌词的美学特征

动漫的歌曲歌词同时具备艺术性和商品性、音乐性和文学性，内容涵盖广阔，歌词大体简单，易上口传唱，展现出特别的美学特征。好的歌词总是富于美学特征，给人以美的感受。本节将围绕歌词的语言美、意境美以及哲理美进行介绍。

（一）语言美

动漫歌词不同于一般性的歌词，无论是作为动漫的片头曲还是片尾曲都有时间限制，同时以服务动漫实际内容为原则，具有创作背景。另外，动漫歌词作为歌词，也具有歌词艺术上的美学。

1.开篇即进入高潮。这种方式的运用能让人们迅速就进入动漫主题，同时节省歌曲的空间。

2.运用修辞。修辞的运用能让歌词更富文学性，并加强作者的感情。主要有倒装、反复和比喻等方式。

3.直接使用外文。从80年代开始词作者直接将外来词加入歌词中，现在已经非常普遍和流行，也常见于动漫歌词的创作中。

（二）意境美

任何形象放入一定的情境之中，都会呈现出意义和情感两种状态。歌词另一大特征就是创作大量的意境。诗歌意象的功能在于它能刺激人的感官，唤起听者某种感觉并暗示某种感情色彩，从而引导听者沿着所指的方向迅速进入意境，起到渲染气氛或启迪心灵的作用。

（三）哲理美

歌词的哲理美体现在其张力上。首先，其多义性带来多彩的感觉，在有限的形式空间里创造出丰富的内涵；其次，歌词在被固定的形式和内容层面还能展现出动漫丰富的感情；最后，不同的人看过动漫后会对同一篇动漫歌词有不同的理解。

动漫歌词的内涵十分丰富，除上述之外，还存在音乐美、情趣美、结构美等美学特征。歌词的美学特征并不单独存在，而是相互作用的一个整体。探究动漫歌词的美学特征对动漫歌词的鉴赏与创作有重要的现实意义。

三、动漫歌词的翻译美学

翻译美学运用美学与现代语言学原理，研究语言转换的美学问题，探讨翻译审美活动的一般性规律，从而帮助译者提高语言转换能力和翻译中的审美鉴赏能力。毛荣贵曾指出："美学与翻译的结合，乃珠联璧合；美学与翻译的结合，乃天作之合。"他肯定了美学与翻译相结合意义的积极性。翻译美学是翻译领域的一个新的研究视角，在中国已有20年的研究历史，具有鲜明的中国特色。

翻译美学的研究内容早已被扩大，常用于指导文学翻译、科学翻译、广告翻译甚至是商标翻译，但多局限于中英翻译领域。杨敬曦用此理论研究了中日同形词，但未涉及日本动漫歌词的汉译。总的来说，此理论鲜用于中日翻译之间。因此，以此研究动漫歌词的汉译有一定的研究价值，能弥补翻译界的不足。

歌词并不是普通的语句，而是具有美学价值的文艺作品，能够传递美的信息。中日两国的地域环境、宗教信仰以及经济发展之类的文化背景均有所不同，即使是看同一部动漫，两国观众的审美心理以及审美意识也各有千秋。利用翻译美学翻译动漫歌词，是为了得到与原文最接近的审美效果，最大程度的保证原文的内涵和外延，传达动漫及歌词最真实的美。

审美客体指的是和人的审美行为有关的客观性事物。审美客体不是指客观世界全体，而是与审美主体处在对立统一关系中的客观事物。翻译的审美客体是译者所面对的翻译原文，能够满足人的审美需求的具有审美价值的原文材料。翻译审美客体有形式系统和非形式系统的本体属性。

(一)形式系统的审美实践

形式系统主要是指歌词原文自身的音声、词汇、语法、句段等客观信息，对歌词形式系统进行审美探究就是从动漫歌词原文着手进行翻译实践。动漫歌词具有音乐性和文学性，通过翻译其音声美来展现歌词的音乐性，在探究其词汇语法信息时表现歌词原文之美。

1.音声

音声是语言承载审美信息的基本手段之一，翻译美学追求与原文的形式对应和效果对应。日语中，有长短音节之分，根据音节的组合又可以形成各种音律（节奏）和音韵。要达到译文与原文在音声节奏上完全一致的效果，是歌词翻译的一大难题。比如说《哆啦A梦之歌》的翻译：这首歌曲调简单欢乐，歌词质朴自然，属欢乐系动漫歌词，展现了儿童的天真烂漫。歌词营造出欢快的气氛，表达孩童天真无邪愿望。

由于中日两国语言的语音系统的差异，要在译文中完全展现原文的节奏几乎是不可能的，译者只能尽可能的抓住这层审美信息来展现原文的音声之美，或者将音声作为审美的主要对象，进行意译。比如说，陈慧琳所演唱的普通话版的《哆啦A梦之歌》：心中/有许多/愿望能够/实现/有多棒只有/多啦A梦可以带着我实现梦想可爱/圆圆/胖脸庞小叮当/挂身上总会在我/不知所措的时候给我帮忙到想象的/地方穿越了时光来我们坐上时光机。

另外，还有粤语版本如下：

人人/期望/可达到我的/快乐/比天高人人如意/开心欢笑跳进美梦/寻获美好爬进奇妙/口袋里你的希望/必得到离奇神话/不可思议心中一想/就得到想/小小鸟/伴你飞舞云外/看琴谱咦系竹晴蜓呀。

上面两个译本都较好地再现了原文的音声美保证了可唱性，分别压了"ang"、"ao"的韵，用中国观众理解的形式创造出另外的音声美。因为汉语的音律特征的关系，这两篇译文中粤语的音声节奏美感稍强于普通话版本。动漫歌词为动漫服务，当歌词的音声成为更显著的审美信息时，超越原文词义的局限，切合动漫情感进行翻译也未为不可。

2.词汇

承载语言审美信息的另一基本单位就是词汇。词汇是字、语素、音节的"三结合体"，也就是形、义、音的结合体，具有超强的审美信息承载力。有审美价值的词汇通常是作者精心挑选的结果，符合下列条件的词汇也是我们翻译中审美的对象。一是用字精准。这里是指所用词汇能精准的表达原意，精确的符合文脉。二是富含美感。这里的美并不是说华丽绚烂，而是拥有让人愉悦和感动的品质。三是语言精炼。选词时，不当是毫无益处的进行辞藻堆砌。翻译实践时，需抓住这类审美信息，再现其美学特征。

词汇的重复能加强表现歌词感情，在翻译的过程中就该抓住此类的审美信息进行审美再现，表现作者感情。紧密的歌词以及快速的旋律，表现出了主人公的深厚爱情。使用四字成语能省略一些无用的表达，展现一种简洁之美。用最简单的方式说明歌词内容，同时也兼具文学性质。

3.语法

常态中的句子会减少语法错误，以科学思维为中心，降低对想象力的要求，达到正确沟通交流的效果。但这种处于平衡状态中的"文"、"意"难以生出美的意识。语言艺术们会有意识的破坏这种平衡，改变语法结构，切断科学思维，让想象创造力浮出水面增加审美信息。创造美的方法除了增加语法的模糊性，还有使用省略、倒装和对偶等等一些列手段。

(二)非形式系统的审美实践

审美客体的审美构成除了物质形态的、自然感性的、直观的成份以外还有非物质形态的、非自然感性的、不是直观的部分。这部分就是翻译时审美客体的非形式系统，又称内在形式系统，翻译时要求把握歌词原文整体的意境美和哲理美。翻译审美必须是在掌握歌词中主人公的感情、动漫的内容与主题的基础上进行的。由于热血系动漫多有言志歌曲，翻译时需特别注意。动漫《叛逆的鲁鲁修》的片尾曲《勇侠青春讴》是言志名曲，可从KeepDream字幕组的翻译来感受如何把握整体，传情达意。

（三）审美主体

审美主体指的是对审美客体进行客观审美的人。翻译的审美主体就是译者。审美主体的审美活动有两层任务：一是认识和鉴赏美，二是再现和创造美。在翻译中，指的是理解和鉴赏原文以及再现原文的审美信息。

四、歌词翻译之难和对译者的要求

（一）翻译的限制

中文对翻译的要求是"信、达、雅"，而翻译的一般要求也是，译者在全面了解歌词内容、创作背景、歌手与动漫的基本信息后才能开始翻译活动的。译者有逐词逐句分析歌词，把握两国语言差别，向读者最大程度的传递原文意思和感情的义务。总之，除开中日两国语言差异，歌词的翻译受到以下三个方面的限制：一是原语的翻译空间。歌词汉译时，无论是字数语义上的形式美，还是意象感情上的非形式美都难以完全再现，只能无限接近；二是文化差异。译者毕竟不是作者，文化素质背景亦不同，难以做到投入相同感情，翻译出相同感情的作品；三是艺术鉴赏的时空差异。不同时代对同一首歌同一篇歌词的理解也各有千秋。

（二）对译者的要求

歌词的翻译和一般的翻译不可混为一谈，翻译歌词时对译者提几点要求。首先，译者需要熟知两国的文化知识。审美主体对审美客体的价值判断多取决于主体的知识量，即译者的见识、洞察力和视野的宽广度。汉译日本动漫歌词就必须先了解动漫内容；其次，便是掌握翻译理论。在实践中熟练掌握翻译理论的原则技巧，力求歌词汉译时游刃有余；再者，有一定的乐理知识。懂音乐的前提下能提高歌词译文的歌唱性。最后，是对歌词内容产生共鸣。产生共鸣，也就是认可了歌词感情，站在同一感情高度自然能翻译出接近原文感情的词来，传递最真实的动漫歌词所蕴含的内涵。

第二节　中国传统文化因子对日本动漫的影响

中国传统文化因子对日本动漫的发展起到了重大的作用。中国传统文化的优秀基因，促使了日本动漫的辉煌发展。

日本动漫的市场份额占据世界动漫市场的三分之二，制作精良、剧情引人入胜，在全世界都获得了肯定，在中国也占有较高的市场份额和较高的人气。很多日本动漫作品都取材于中国古典文化题材，中国传统文化对日本动漫制作与传播起到了很大的促进作用。中国传统文化对日本动漫的影响，从总体来看可以分为"局部性影响"和"整体性影响"。

很多日本动漫作品都受到中国传统文化的影响。日本动漫作品经常在局部故事情节中融入中国传统文化，例如中国传统饮食文化、传统功夫、传统服饰、传统建筑等等，使其对故事情节的发展起到推动作用，同时达到烘托气氛的效果。日本动漫产业的兴盛给中国不同年龄段的人们带来了工作之余的另一种放松。日本动漫题材广泛，糅合各种传统、现代、主流、非主流的因子。中国传统文化因子对其影响是巨大的。

一、中国传统文化因子的内涵

中国传统文化有广义和狭义之分。广义的是指中华五十六个民族在长期的历史实践中创生性的一切物质、非物质财富的总和，其范畴主要有政治、经济、文化、生态、艺术、宗教、伦理、道德等；同时，以个人为主体的思维方式、行为方式也是其重要的组成元素。狭义的是指中国历史传承下来的各种精神财富的总和，其范畴包含知识、宗教、道德、风俗等。中国世界上传承最久的文明古国之一，中国传统文化在历史发展的长河中，给中华民族带来了巨大荣耀，推动了世界历史的发展。可以说，在世界文化的舞台上，中国文化的历史积淀、精神内涵、时代价值都影响着其他民族文化的发展。

中国文化因子从内涵与外延上都与中国传统文化挂钩，依据季羡林先生对这一定义的理解，便于本研究的开展，本文将之定义为：最广大国人认可的、象征中国传统文化精神、代表中国传统精神的一切因子，都是中国传统文化因子。当然，这里面只有中华民族创造的优秀文化，代表了社会主义先进文化的历史意义。其外延大致可以概括为：古代铸造技术类、建筑艺术类、历史发明类、特色节日类、古典服饰类、历史人物、古典音乐及乐器类等等。

二、中国传统文化因子对日本动漫的影响

神话是人们早期对自然力崇拜的产物，是人们对自然的客观反映形式之一。在长期的历史民间传承中不断加以艺术加工而形成的，其主要以虚幻、本源形式传承下来的。动漫作品以娱乐性为主的体裁形式，神话传说的幻想性质，对漫画来说是最好的"营养品"。神话的幻想性质为动漫作者留下了大量的幻想空间和创作灵感，人们对神话传说的似信非信"残余"意识，也成了作者大量借用神话传说的重要原因。中国早期的神话无论从内容还是题材上，与动漫的特性有着很大的契合。因此，动漫作家融合中国传统文化因子的神话题材，创造了一大批的优秀动漫。《白蛇传》是日本首部彩色动漫，其题材就是中国《白娘子永镇雷峰塔》的戏曲题材。

中国的神话种类很多，有开天创世、造人传说等多种内容。神创体系没有像希腊神话那样成为一套完整的体系，却也有着系统的理论。《四圣兽》是日本在中国传统星宿神话的基础上生成的，其内容构成上与中国传统青龙、白虎、朱雀、玄武有着理论渊源；1992年《不思议游戏》中，日本漫画家渡獭悠宇将中国星宿分成善恶两派，由四圣兽带领进行了大规模的战斗；2004年以穿越为题材的《遥远的时空中——八叶抄》由日本漫画家水野十子完成，其主要内容仍是以四大神兽为题材的。如此还有《少年阴阳师》等等。

中日文化交流历史悠久。日本历史中，对汉学是非常推崇的，尤其以"汉诗"体裁为最。从唐朝以后，日本对中国的古典著作燃起了浓厚的兴趣。江户幕府时期，日本对中国古典小说《西游记》进行了翻译，先后产生了《通俗西游记》、《绘本西游记》等译本。到了近代，中国对西游体裁的作品层出不穷。

1942年，《大闹天宫》的问世，拉开了中国西游文化的热度序幕。

当下流行的动漫作品《火影忍者》也融入了不少的西游因子。比如魔猿变身，变成了一根与金箍棒属性相同的棍子；再比如其分身术，与孙悟空的毫毛身外化身如出一辙，如此情结还有许多。模仿西游因子最多的莫过于《最游记》。是日本漫画家峰仓和也1996年绘画而成的，其人物名称、性格塑造都与西游有着共通之处，而情结与故事设计都与西游有着巨大的差异。

日本动漫最常用的一部中国古典名著是《三国演义》。《三国》是于东山天皇时期翻译的。1991年，日本TV动漫《三国志》基本上讲述了中国三国历史；1999年《"新"三国志》的问世，拉开了三国被恶搞的序幕，角色女性化是其恶搞方向；2003年《一骑当千》中孙策等也开始女性化；2007年的《钢铁三国志》更是将其人物性格恶搞的"出格"，孙权艳丽无双、刘备的职业也由"编织草鞋"走向了"养花匠"；2000年由索尼公司发行的《真三国无双》游戏，更是将三国题材的游戏推向了巅峰。

总地来说，日本动漫中中国传统文化的因子还是比较多的，其人物的衣服女性多着旗袍，或者是旗袍的"改装"。其情节也融入了其本民族的元素，如：黑社会、冷酷的性格或者色情暴力等。在中国传统文化因子的影响下，日本动漫从体裁、内容、人物形象、故事情节等方面都得到了进一步的优化。

三、日本动漫对中国传统文化因子的融合的原因

首先，这与日本民族文化自身的特点有关。日本出现早期的封建大一统国家是在公元400年前后，从时间上界定，日本文

化的产生远远晚于中国文化。日本文化的发展史上有三次文化大融合的记载：大化革新——对隋唐文化的融合、明治维新——对西方文化的融合、二战后——对美国文化的融合。日本学者加藤周一认为日本文化其实没有固有的文化样式，只是在把外来文化与本土实际相结合产生的"杂种文化"；冈田雄则也认为日本文化在佛教文化、西方文化、中国文化的积累中形成的；"在世界历史上，很难在什么地方找到另一个自主的民族如此成功地有计划地汲取外国文化"。当然也不得不承认，日本在吸收外国文化中，汲取其精华并与本国实际相融合取得的巨大成就。

其次，中日文化的交流也促成了日本动漫对中国传统文化因子的吸收。有文献记载以来，从东汉开始到西晋这一段时间，日本被文献成为"倭"；到唐朝开始，才有了"日本国"这一名词的翻译传世。日本在汉文化圈中是最有"成就"的"学生"：衣着服饰、习惯风俗、饮食医学等方面。中国文化对日本的影响是多方面的，日本当代学者内藤湖南在讲演中就说，日本对中国的学习是不能泯灭的，无论日本学习西方多么深。

世界发展一体化的今天，日本动漫产业为了迎合不同国家、不同年龄段、不同性别的"客户"，在漫画创造中更加注重创新型。这样各国的文化都成为他们创作的思维源泉。他们以本土文化为固有主体，汲取外来文化因子。日本人深受中国传统文化的影响，而且中国作为日本最大的动漫输出国，相信中国传统文化因子在日本动漫中的比例会越来越大。日本动漫作品往往在故事情节中融入中国传统文化，既渲染了故事气氛，又促进了故事情节的发展。还有一些日本动漫作品整体借鉴了中国古典名著或民间故事的框架，并把日本文化和中国文化巧妙地融合在一起，使作品既富有异域风情，又符合日本人的审美情趣。

第三节　日本电影中的文学情结

　　日本的文学和电影的发展都以日本社会发展和社会现状为题材。两者写实性都比较强，都有一定的现实意义。日本文学发展历史悠久，有着很深的文化底蕴，日本电影发展与文学发展有很深的联系。

　　日本是世界知名的阅读大国，其出版业规模、人均阅读量、包括发行的报纸杂志数量都处于全球领先水平，在亚洲更是当仁不让地傲踞群雄。拥有如此广泛且坚实的群众基础，文学改编也从日本的初创期及至今日，始终是日本电影业的一大传统。将那些人们耳熟能详的故事搬上银幕，首先是票房收入的稳定保证，同时又算是民族文化的凝炼提萃和扩散广播，更是新旧两种艺术形式的互融与交通。在世界范围内，文学改编电影都是常有之事，日本电影之所以几十年间在此一方形成自我的独到风景，也与其内生系统密不可分。一方面，日本文坛常年竞逐激烈，不断有优秀的新人新作涌现出来。与此同时，日本电影界自从战后过渡时期以来，对于电影的审查便渐趋放松，多样化的题材类型都可以顺利实现改编。而且，仰赖于不俗的国家经济实力，日本电影业长期以来，始终都能实现本土系统的自我循环，诸多只有日本人才能接受与理解的文化理念与艺术价值，能够"自产自销"。

  日本是一个受到中西方相互影响的国家，日本在受到中国古代，尤其是受到唐朝时期的文化影响，而且不断地学习和吸收西方的先进科学技术。整个民族都有不断学习和创新的精神，无论是在科学技术还是文学创作上都有值得全世界学习的地方。日本的文学作品大多有一定的现实来源，风格多种多样，有悲情、励志、风雅，也有寂寥、孤独、暴力、有爱的。同时在近代，日本电影的发展也相当迅速，电影的剧本大多也有文学作品的影子，有的电影甚至源于日本的文学作品。

  文学是把作者的感情或者内心活动，用文字表达出来的一种艺术形式，表现形式有散文、小说、戏剧、电影文学等等。电影能用舞蹈、动画、音乐、文字等多种手段表达的艺术手段，而电影的表现魅力不仅仅是这些艺术的组合，有着它自身独特的吸引力。日本的文学与电影的不仅是有着概念上的重叠，在现实中也有着相当密切的联系。

  一、日本文学和电影的发展

  日本文学的发展是一个很漫长的阶段，有很浓厚的历史和文化积淀。早期的日本文学大多是以记载和回忆日本历史、描述日本风土人情为主的。如《日本书纪》、《古事记》等都以描述日本历史为主；到了十二世纪诗歌和汉诗文集在日本形成了一个文学热潮，在此同时散文也有很高的成就，并且涌现出了很多有才华的女作家，如：清少纳言《枕草子》，作者描写精细，创造意境柔美；十二世纪以后日本的武士道精神开始出现在日本文学创作中，如《平家物语》；十八世纪明治维新结束后，日本文学开始转为以反应现实为主的小说创作，二叶亭四迷创作的《浮云》最具有代表性；十九世纪初期日本现代文学开始，这一时期的文学作品都有一定的社会意义和对当时社会状况的反应如，夏目漱石的《我是猫》。在这一时期推理和悬疑小说也有了一定的发展。日本的电影发展虽然没有其文学发展的悠久历史和文化积淀，但是在这100多年的发展历程中，也有着很多的改变，与日本文学有着很深的联系。日本最早自己拍摄影片是在1899年，主要是以记录实事为主的短片如《闪电强盗》；在此之后日本的无声电影上映，并且在1903年成立了第一家电影院，主要由解说员讲述无声电影的内容；在1918年之后日本纯电影才开始产生并且发展，开始大量招募电影演员，这时的电影不需要解说，运用一些电影拍摄技巧和处理技术使电影更加生动和真实，这一时期电影主要也是以日本的社会为题材；1931年开始日本有声电影时期正是开始，这一时期，批判和揭露社会的电影不被允许拍摄，纯文学电影开始登上荧幕，主要是以文学作品为题材的有声电影。日本的文学和电影发展，都受到历史发展的影响，两者又有一定的社会背景和相互联系。

二、日本文学与电影的关系

（一）日本文学和电影有都有一定现实背景

虽然日本文学比其电影的发展要早很多，有很深的历史和文化底蕴，但是自从电影产生以后，两者也有很多共通之处。日本的文学作品，无论是诗歌、散文还是小说大多都以日本的社会发展和风土人情为题材，加以修饰和改变用艺术的手法表现出来。如反映日本旧时期的封建统治，日本武士道等。电影出现后，实质上是运用了一种新的表现手法，把日本的社会状况和统治情况表现在荧幕上。日本文学和电影与一些国家不同，不完全是娱乐大众，也不是表现个人英雄主义。两者实质上是有一定共通性的，作者或者是电影拍摄者自身要表达的感情实质上就是社会上大多数人群要表达的想法。

（二）日本文学是电影拍摄的素材

日本的文学作品有很多已经被拍摄成电影，文学作品已经成为电影拍摄的主要素材。其实电影的拍摄，剧本大都属于文学作品的范畴。川端康成写的《伊豆之舞娘》曾被六次拍摄成电影；村上春树的作品《挪威的森林》在2010年也被拍摄成电影；日本东京帝大著名教授夏目漱石作品《我是猫》、《少爷》都被拍摄成电影；由文学作品拍摄成电影的还有《心》、《梦十夜》、《痴人之爱》、《没有拒绝的小墟》、《平静的生活》等。这些文学作品是不同时期作者的经典之作，被搬上荧幕后，备受观众喜爱。

电影的拍摄素材有多种，但是文学作品绝对是其发展的推动力量。好的文学作品一旦用电影的形式成功表现出来，就是电影的一种突破。可以说好的文学作品，无论是关于爱情，关于政治还是关于暴力犯罪都会成为电影发展的一种正能量。

（三）日本文学指引电影的发展

在文学与电影的发展过程中，一直是文学创作表达的感情或者是反应问题比较前卫，电影表现则相对来说比较落后。日本的文学对日本的社会状况和人们生活状况等一系列问题，反应比较敏锐和迅速，电影则是在文学作品出现以后，经过一些改编和加工再进行拍摄，搬上荧幕被人们直观的看到。虽然文学作品在表达意图的时候不如电影直观、迅速，但是文学作品是在电影之前出现，能够迅速的反应人民、国家甚至是国际上的一些变化，表达感情也可以非常丰富。它能够指引电影的发展，带动电影的发展。

　　日本在文学作品和电影创作上都有着一定的影响力，无论是在本国还是国际上。日本文学与电影虽然有着表达手法的区别，发展时间也不同，但是都是为反应社会状态和日本风土人情等服务的。两者在共同发展的同时，相互影响、相互联系、相互促进着。文学作品用文字表达着作者的思想和感情，而电影是用更加直观的手法表达着同样的意图。两者存在着许多的差异，但是又是有着许多的潜在联系，共同支撑着日本的文化事业。

第六章 日本文学对企业文化的影响

第一节 日本企业文化的精神内涵

企业界和学术界普遍认为，20世纪50—70年代日本的成功源于日本的企业文化，主要是内部的团队合作精神、创新精神和与外部联系中的诚信。日本职员的团结、协作和同甘共苦，还有像休戚与共、甘愿为企业、团队不计个人得失和勇于奉献的精神令人惊讶。在与外部的联系中，日本企业的诚信度是世界公认的。诚信来源于团队内个体对企业、对社会的责任，而日本企业文化的背后有着很深的文化渊源。

一、日本企业文化的形成条件

（一）单一民族与同质社会为集团主义的形成创造了条件

日本单一民族和同质社会的特征使日本形成集团趋向的传统，并由此产生共同习俗、同种语言和文字以及思维习惯，使日本人对他们所从属的企业产生强烈的责任感、认同感、事业心，并促成集团主义的形成。在民族宗教信仰上，日本民族信奉一种古老的神道教，这是一种泛神宗教，没有任何实在的伦理体系或来世观念，只是一种民间信仰，所以日本不像欧美那样信仰具有不宽容性的主宰万物的——神教，日本信仰无序列的具有宽容性的多神教，形成了日本企业文化的一种包容性，使它具有集体意识的"集团志向型"和对海外文化的认同感。

(二) 外来文化是日本企业文化的重要营养来源

日本民族心理存在着一个绝对不可变更的目标，即确保整个民族的生存和发展。为此，日本人对外来文化采取借鉴、吸收，以便更好地发展自己。二战后，在引进机器设备和先进技术的同时，引进了西方理性模式，强调原则和控制，重视表述问题的科学性、逻辑性和正确性，把硬性因素和强调精神、作风、技巧、人员、目标等软性因素结合起来，融人情和理性于一炉；目标等软性因素结合起来，促人情和理性于一炉，形成了既有原则又有信条和精神的企业文化，赋予企业以极大的生命力。

(三) 改革创造了良好的环境

日本在二战后采取了一系列改革措施，为日本的企业文化建设创造了良好的环境，尤其是美国对日本的影响极大。战后，美国单独占领了日本，在日本实施非军事化和民主化，经济方面的非军事化就是禁止军火生产；经济上的民主化，主要是实行解散财阀、"农地改革"和"劳动立法"。二战后初期到50年代中期，日本企业组织着重进行了三个方面的改革：第一废除了身份制代之以职能制，日本企业相继从美国引进了职务分析、职务评价、职务分类和职务津贴等制度，从而使各职位和职务的权限逐渐明确化。第二，引进董事会制度，改革最高经营决策组织，1950年日本修改了商法，引进美国式的企业组织管理制度，在企业设立董事会，作为企业最高经营决策组织，与董事会相适应，日本企业于1952年设立具有日本特色的全面经营层的中枢机构常务会，它在企业管理中起了重要作用。第三，设立职能部门，加强内部控制,把成本管理、会议监查等业务从经理部分离出来,强化了监查和统计管理,通过预算控制、成本控制和内部监查,使日本的企业从原来的公司直接单一控制转变为以数据为依据的间接的综合控制。随之,"全面参谋组织"、"专业参谋组织"相继出台,原来的机构逐渐成为参谋型组织。

70年代以来,新技术革命冲击日本企业,经营决策的主要发展是建立系统化的决策组织,发展动态组织,扩充战略组织,企业文化随着企业管理体制的发展向更纵深的层次发展,通过比较和引进欧美先进的经营管理理论,结合"全员经营"、"命运共同体"等日本式经营管理理论和方法,充实了日本企业文化中的现代心理因素。日本管理学派十分强调市场经营是根据市场需要进行的各种经济活动,把企业看成是一个活的经营机体。日本二战后的一系列改革,为日本企业文化的发展注入了生机。

二、日本企业向外国学习的几个特点

第一,学习坚持全面、持久。全面是指它对任何一个国家的长处都愿意吸收,持久是指它从不间断。从8世纪学唐朝完善封建制开始,到19世纪学西方摆脱殖民地危机走上资本主义道路,20世纪学习外国管理经验实现经济振兴,这一切说明了日本人学习致强的历史文化传统从不间断。

第二,学以致用。以日本人学美国现代管理经验为例,日本人的可贵之处,不仅在于钻研理论的热情,更在于把理论原则付诸实施,由实践来检验其作用,并通过坚忍不拔的努力使之产生实际效果。

第三,从模仿走向创造的学习。日语中"学习"一词的原意就是"模仿",因此日本人不拒绝模仿,但是日本人的学习并不停止在模仿上,而是模仿的同时加进自己的东西,从模仿走向创造。

不仅如此,日本还繁衍成为有效的现代机构,并同时让这些外来品的精神为日本服务,使日本能够保持门户开放前那种鲜明的民族特色和强烈的凝聚力。

三、日本企业文化的特点

(一)崇尚企业集团主义。作为企业道德准则的日本企业集团主义,是与日本现代企业的经营方式——终身雇佣制联系在一起的。日本明治维新后,企业开始向工业化进军时,企业家吸取了先进国家劳资摩擦的教训,利用日本固有的企业家族之情把德川时期建立在家庭工业基础之上的师徒制家族经营方式,改进发展为终身雇佣制的经营方式。其主要特点在于职工一旦就职就成为公司大家庭的成员,雇佣关系是终身的,工薪的多少基本上而且大多数取决于连续工龄。

公司与职工就结成了一种苦乐与共的不解之缘。雇佣制下的职工与公司的这种利益关系,决定了作为企业员工所遵循的基本行为准则即企业集团主义,它要求人们把企业视为唯一真实的存在,否认自我个人主义的独立存在,重视企业团体的统一与和谐,尊重企业共同体的价值,当个人利益与企业集团利益发生矛盾时,要对自己的私欲进行高度的自我约束和控制,按照企业集团的意志行动,以求得企业集团的昌盛和发展。二战后,美军进驻日本初期,企图在日本建立欧美式的自由合同雇佣制的经营方式,但实际上,占领一结束,终身雇佣制和资历制在战后时期越来越广泛地蔓延开来。二战后，终身雇佣制在日本的继续存在和发展，决定了日本企业员工在社会道德生活中，必然以企业集团主义作为其进行道德评价和道德选择的标准。

（二）信奉热爱劳动的企业价值观。日本企业文化倡导企业职工勤奋地工作，竭尽全力，许多人下班后还要留在公司里1-2小时甚至更长的时间，星期六理应休息，然而还是不计报酬地去上班，他们不盼望退休后无所事事地悠闲生活，愿意在紧张的工作中走完自己的人生历程。企业倡导生活的价值在于劳动创造，劳动不只是为了自我改善而进行的个人奋斗，其首要意义在于它是人应当自觉分担的一份社会义务和社会责任；劳动不仅仅是一种只与经济利益联系在一起的纯经济活动，还是一种高于经济活动的与"为善"相联系的宗教修炼事业。因此，人仅仅求生存是毫无意义的，只有工作，生命才有意义，帮助自己的公司成长、繁荣是企业价值观的核心。

（三）日本企业文化深受儒教、佛教的影响。中国的儒教、佛教和中国民俗、民风迄今为止仍然为日本所珍惜，这也是他们所以尊重中国传统文化的原因之一，企业追求的"人和"、"至善"、"上下同欲者胜"等共同意识均源于此。日本各个成功的企业家，在投身企业界时，均以献身产业人的使命，作为自己的第一及最终觉悟。感谢报恩，也是日本企业文化所追求的大义之道，善有善报，恶有恶报，这是每一个都很敏感的戒训。

（四）日本企业文化突出表现了主体个性。日本企业的生命力并不在于全日本企业界的共同特征，而在于它深深植根于通过一定历史时期发展而来的单个企业中，因为市场环境因素千变万化，复杂多样，所以，每个企业都是独立的主体，都必须以自己特有的精神面貌适应于所身处的环境。所以，日立、松下、丰田、本田等公司的企业文化各具特色，主体个性表明了企业文化的实质内容，而企业文化也体现了主体个性的形成，表明了企业发展的成熟。如果不论什么类型的企业，企业文化只有一种共同的模式，无疑会失去自己的特点和优势而在市场竞争中失败。

（五）受内外因制约。日本企业文化的形成受到多方面环境因素的制约，在外因方面，存在就市场、产品、顾客、服务、资源等因素的影响；内因而言，存在诸如人员类型、组织形式、教育、技能、成本、利润等因素的影响，一定的环境下，必然形成一定的经营战略和企业文化，在推动企业发展的过程中，又必然会出现创造性破坏、创造性建设。因此，企业只要创造性地适应环境的变化，作为一个命运共同体，具备团结和统一性；同时作为一个经营单位，又具备积极、能动的战略手段，则必然形成一定的、持续推动企业发展的企业文化。

（六）注重行动和实践的企业文化。在日本，不论是国内数一数二的大企业还是小企业都十分重视企业文化理论的实践应用和行动贯彻。本田公司创始人在介绍本田精神时指出：本公司一贯追求的是技术与人的结合，而不仅仅是生产摩托车。他把本田精神归结为三大观点：人要有创造性，决不模仿别人；要有世界性，不拘泥于狭隘地域；要有被接受性，增强互相的理解。这种文化价值取向促使本田最终成为一个强大的企业。松下电器公司也十分重视企业价值观在企业中的推动作用，通过企业文化的实践运用和行动贯彻，成为日本获利最高的企业之一。

第二节 团队精神在企业文化中的作用

团队精神是团队成员共同认可的一种集体意识，显现的是团队成员的工作心理状态和士气，是团队成员共同价位观和理想、信念的体现，是凝聚团队、推动团队发展的精神力量。团队精神堪称团队之魂，是团队管理的最高哲学。团队精神的基础是尊重个人的兴趣和成就，核心是协同合作，最高境界是全体成员的向心力、凝聚力，反映的是个体利益和集体利益的统一，并进而保证组织的高效率运转。团队精神的形成并不要求团队成员牺牲自我，相反，挥洒个性、表现特长保证了成员共同完成任务目标，而正确的协作意愿和协作方式则产生了真正的内心动力。

一、团队精神的功能表现

（一）目标导向功能。团队精神的培养，使企业员工齐心协力，拧成一股绳，朝着一个目标努力。对单个员工来说，团队要达到的目标即是自己所努力的方向，团队整体的目标顺势分解成各个小目标，在每个员工身上得到落实。

（二）凝聚功能。任何组织群体都需要一种凝聚力，传统的管理方法是通过组织系统自上而下的行政指令，淡化了个人感情和社会心理等方面的需求，而团队精神则通过对群体意识的培养，通过员工在长期的实践中形成的习惯、信仰、动机、兴趣等文化心理，来沟通人们的思想，引导人们产生共同的使命感、归属感和认同感，反过来逐渐强化团队精神，产生一种强大的凝聚力。

（三）激励功能。团队精神要靠员工自觉地要求进步，力争与团队中最优秀的员工看齐。通过员工之间正常的竞争可以实现激励功能，而且这种激励不是单纯停留在物质的基础上，还能得到团队的认可，获得团队中其他员工的尊敬。

（四）控制功能。员工的个体行为需要控制，群体行为也需要协调。团队精神所产生的控制功能，是通过团队内部所形成的一种观念的力量、氛围的影响，去约束规范、控制职工的个体行为。这种控制不是自上而下的硬性强制力量，而是由硬性控制向软性内化控制；由控制职工行为，转向控制职工的意识；由控制职工的短期行为，转向对其价值观和长期目标的控制。因此，这种控制更为持久有意义，而且容易深入人心。

二、日本企业文化的团队精神特征

日本企业文化的团队精神对于中国人来说一点也不陌生，日企给人的感觉就是严谨和有条不紊。日本产品能够成功与他们的企业文化有着密不可分的关系，其团队精神起了很大的作用。团队精神是组织文化的一部分，良好的管理可以通过合适的组织形态将每个人安排至合适的岗位，充分发挥集体的潜能。如果没有正确的管理文化，没有良好的从业心态和奉献精神，就不会有团队精神。

（一）注重和睦与集体观念的团队

日本人非常在意注重团队和睦。日本的早期商业都是家族经营，受到中国儒家思想的日本早期商人们都很注重儒家"和"的思想。当一个企业内部处于和睦状态，这个企业才能平稳地有序地发展。如果内部的员工勾心斗角互不买账会大大地影响企业的发展。日本只要是成功的企业都会有一套自己的企业文化来使自己的员工和睦相处。如今的日本企业依旧注重团队精神，日本的团队精神表现在承担责任方面。在日本，成功的企业领导会为企业制定一个共同奋斗目标，并且不会具体规定下属们要做什么，每个人都向着统一目标前进，但是要怎么做全靠自己来决定。

这与很多中国企业不同，中国很多企业老板要对所有事情做决定，员工只有执行的权力没有做决策的决定。日本企业这样做的好处是提高了团队的集体观念并且没有人会推卸责任。团队会对团队成员的决策负责。而且因为决策是自己决定的，所以团队成员会更加卖力的去完成任务。员工们各司其职在各自的岗位上专注于自己的工作。每个人都是管理者，无论管理的事情有大有小。就像在足球场上一样，11个人各司其职。都怀着赢得比赛的信念，但是具体要怎么踢还是看自己的，输了球不是个人的错误而是全队的责任。在日本企业最重要的是你的雇主是谁，雇员都向着雇主定下的目标努力前进。想要团队合作发挥出作用就必须找到凝聚团队的方法。只有当一个企业拥有凝聚团队的方法，这个企业才可以快速的发展。日本的企业深知这个道理并且付诸于行动。

（二）有保障的团队

人与人之间都有差别，每个人的想法也不尽相同。如果想要团队中的每个人都专注于企业的发展这是很难的事情。想要满足每个人这是不可能的事情。因此在日本，企业具有一些特有的制度来保障团队成员并且维护团队精神。一个团队，当成员拥有保障才可以拥有持久性的发展。

日本的终身雇佣制度就是日本企业特有的保障制度之一。长久以来终身雇佣制度在日本企业当中普遍实行。不过现如今社会竞争太过于激烈，这一制度的使用率也下降了。比如说之前席卷全球的世界金融危机，全球经济低迷，丰田、索尼等日本标志性企业大幅裁员。虽说如此，但是终身雇佣制对于凝聚团队还是有关键作用的，并且在许多日本知名企业发展过程中起到了关键作用。终生雇佣制度使得个人毫无后顾之忧地在一个企业中全身心地工作，并且在企业内部当中不断的学习和提高，从而为团队提供帮助。终身雇佣制度对于团队精神来说还有一个好处，长期工作于同一个企业会产生一种归属感和荣誉感，企业就代表了自己，这对于企业的团队精神来说是大有帮助的。

同时，对于社会而言也可以大大降低失业率，增加了社会的稳定性。长期稳定地处于同一家公司更是有利于企业的产品质量提升。团队精神将会得到极大的发展。另一个与终身雇佣制度相辅相成的制度及年功序列工资制。因为终身雇佣制度的关系，年轻人进入企业后多半会在这家企业干一辈子。在这个过程中员工的薪金是以进入公司的时间长短为标准的，与此同时考虑学历、工作能力等各方面的能力来决定薪金层次。

但是在日本企业占主导地位的还是资历。与此同时学历越高、工作能力越强薪金增长速度越快。有了终身雇佣制度和年功序列工资制的这两项制度，日本的企业拥有了自己长期稳定的工作团队。这对于企业的发展是拥有极大帮助的。从这两项日本特有的制度可以看出日本人对于团队精神的重视程度。团队精神是一个企业发展之本，是一个企业的灵魂所在。

总之，团队精神是人类文明的体现。中国古代天时、地利、人和当中的"人和"指的就是团队精神。日本的制造业现在是亚洲乃至全球的领先国家，他们成功的企业普遍具备优秀的团队精神，拥有团队精神才能稳定快速地发展起来。中国企业在许多方面还欠缺团队精神的凝聚力，所以中国有许多企业就算具有一定规模但还是称不上一流。我们要学习日本的团队精神，营造自己的企业文化和团队精神。

第三节　稻盛和夫经营理念在企业界的地位

一个国家要实现经济现代化，不仅需要先进的技术和管理方法，还需要经营哲学为企业从文化上把握发展方向。许多企业家置法律与社会公德于不顾，把赚钱作为唯一目的。有人只顾眼前利益，根本不从长远考虑社会的需求。从日本著名企业家稻盛和夫的成功轨迹，我们能看到，他在采取现代的经营管理方式的同时，也非常注重日本的商业文化传统，同时注重吸收中国文化中有助于提高经营者心性和品格的部分。

稻盛和夫是当代日本著名企业家，被尊为"平成经营之圣"。他在多个领域从事经营活动四十余年，先后创立了京瓷株式会社（Kyocera）和第二电电株式会社（即第二电信电话公司，KD-DI），前者主要利用陶瓷技术生产电子高科技产品，后者是日本第二大电话公司，也是日本第一家从事电话服务的民营企业。

2001年，根据《财富》杂志排名，京瓷公司和第二电电都进入了"世界500强"。京瓷公司的年销售额、营业收益率、资本收益率、利润与日本同业企业相比，均名列前茅。日本的商业传统和中国的古典文化对稻盛和夫的上述企业实践，具有不可替代的意义。

稻盛和夫在几十年的企业实践中，非常重视创新。他的重视创新的经营思想就来源于日本传统的商业文化。稻盛和夫认为，传统经营模式的特点是重视创新，而现代经营模式的特点则是以模仿为主，创新不够。这样的思考是非常深刻的。以京都地区传统的经营为例，古代的酱菜店都保持着自己独特的风味，各以得意之作招徕客人。如果大批量生产，就无法保持手工制作的风味。所以，京都的很多名店都把制造量控制在一定范围内，即使只有少量顾客，它们也坚持兢兢业业，制作自己独特的产品，保持非常高的品位。老字号维护的就是这样一种传统。稻盛和夫认为（当时的）竞争与其说是量的竞争，不如说是如何才能制作出最佳产品的意识竞争，个性的竞争。

稻盛和夫认为，随着工业化的发展，日本经营者心中的创新意识逐渐淡漠。这并不是说日本已经完全丧失了开发新技术和新产品的能力，只不过多数经营者都模仿别人，不再追求自己的特色。在当代日本，一家企业如果成功地开发出新产品，立刻就有其他公司紧随其后，竞相生产类似的产品。因为已经有了成功的先例，只要稍加改良，就可以降低成本，同先行者进行市场占有率的竞争。在还没有完全满足国内需求的情况下，就开始向海外市场挺进。为此，日本企业在国际上受到很多谴责。

有人认为，传统社会的手工生产技术是相互封锁的，所以能够保持独特性。这种看法有一定道理。现代社会的经营在很大程度上是销售率和市场占有率的竞争。经营者只要投入一定的资金和人力，通过模仿先行者，就很容易打入未饱和的市场。在这种情况下，没有经营者能够保持长久的独特性。稻盛和夫提出，要学习传统商业的做法，重视独创，这无疑是对日本企业的一剂良药。

当然，模仿的体制也有积极的历史作用。比如，在明治维新的过程中，日本大量引进西方先进文化和技术，成为当时唯一成功地实现近代化的亚洲国家。当代的日本企业多数进行的也不是简单的模仿，而是尽可能以别人开发的成果为基础，制造更好的低价商品。但是，稻盛和夫预言："顺着类似的路线去亦步亦趋，追赶超越的时代已告终结"。他认为，今天日本的企业适当控制自己，不应以同样的商品参与别的企业已经开拓的市场，而应该在新的领域，创建新市场、开发新商品。只有这样，日本才会成为一个充满活力的国家。

无论是稻盛哲学，还是中国企业的成功范例，都向现代的经营者昭示了传统生产方式的魅力。如何在保持自己独特风格和扩大市场占有率之间保持一个平衡，对很多经营者来说，是一个有趣的难题。

1932年1月30日，稻盛和夫出生于鹿儿岛县。在日本近现代史上，鹿儿岛英杰辈出，最著名的有西乡隆盛、大久保利通、森有礼等。鹿儿岛县的地方传统文化成为稻盛哲学的一个源泉。

萨摩武士的忠诚、勇猛、敬业在日本的政治舞台上已经表现得淋漓尽致,当代的一些鹿儿岛人还颇有萨摩武士的遗风。在甲子园棒球赛中,为鹿儿岛县加油的观众挥舞的是岛津氏的家徽,这是当地保有独特文化的最好证明。稻盛和夫从家乡的风土文化中汲取了丰富的营养。"他表面上包着京都的糯米纸,内心里却有着九州男儿的气魄。"他非常尊敬自己的同乡、明治维新"三杰"之西乡隆盛。稻盛和夫说西乡隆盛的遗训充分体现出他的哲学思想,深受影响。他把《南洲翁遗训》中的"敬天爱民"改为"敬天爱人",作为座右铭。"敬天爱人"是说"人生、事业中都有天道、有神理,号召人们胸怀爱心,顺应天道,为人类、为社会尽心竭力,先天下之忧而忧,后天下之乐而乐。"这句话最能代表西乡隆盛的精神,所以稻盛和夫把它作为京瓷的"社训",刻在公司总部大门口。

"敬天爱民"包含着对劳动人民的同情和对富国强民的向往,作为倒幕和进行社会改革的思想武器,这一主张起过很大的积极作用。西乡"敬天爱民"的社会观,是同他的"忠孝仁爱"思想不可分割地联系在一起的。西乡认为"忠孝仁爱教化之道,则政治之本,横贯万世弥满宇宙,乃不可小看之要道。"所谓"敬天",对西乡来说就是"忠诚事君"。他说过"不起妄念是敬,妄念不起是诚。"在西乡的一生中,对天皇和藩主确实"忠"到了"不起妄念"和"妄念不起"的程度。西乡认为,君主就是国家,君当忠臣,忠君也就是忠于国家。西乡的"勤王"和"忠君"思想,都是"敬天"观念的具体体现,在倒幕维新活动中起着重要作用。所谓"爱民"中的"民"是一个比较广泛的概念,主要是指下层民众。

"敬天爱人"一词最早出现在明治时代的思想家中村正直的著述中。他专门写了《敬天爱人说》一文，引用了《尚书》、《诗经》等经典以及孔子、孟子、张载、朱熹、贝原益轩等中、日儒者有关于"敬天"、"事天"、"爱人"、"爱民"的言论，论证儒学的根本精神是"敬天"与"爱人"。他说："天者生我者，乃吾父也。人者与吾同为天所生者，乃吾兄弟也。天其可不敬乎？人其可不爱乎？"

稻盛摒弃了西乡思想中的封建糟粕。他所说的"敬天"和儒家经典中的"敬天"含义完全不同，是指在商业活动中要遵循客观规律，"爱人"是指善待他人，包括客户、顾客、下属等。有人将"敬天"二字译成"respectthe Divine"，没有将稻盛哲学中"敬天爱人"的主要含义翻译出来，是不确切的。

在6世纪传入日本的时候，佛教已经中国化了。经过几千年的发展，佛教文化成为一个复杂的综合体。很难笼统地说，稻盛和夫的经营哲学是受到了印度佛教还是中国佛教，或者日本佛教的影响。应该说，三者兼而有之。他在论述"共生循环"思想的时候，反复提到，要维持共生循环系统，必须控制人的欲望，像释迦牟尼说的那样"知足"。控制乃至消除人的欲望，是佛教最本源的教义。这体现出印度佛教对稻盛和夫的影响。稻盛和夫在讲述"善"的时候，引用了一句中国的古语"积善之家有余庆"。纵览稻盛和夫的著作，可以看出，他所说的"善"的含义是，具有把别人的喜悦看作自己的喜悦的关怀之心。可见，稻盛也受到了中国佛教"积德行善"的思想的影响。

对稻盛和夫影响最深的还是日本佛教，他非常推崇江户时代的禅宗大师白隐慧鹤（1686-1768），经常诵读白隐的《座禅和赞》。

在佛教众多派别中，稻盛和夫对禅宗情有独钟，其中的原因还得从他的宗教观中寻找。稻盛和夫认为，宗教的共性可以概括为两个方面："一方面作为一种信仰，信奉神佛，虔诚地为其服务，以求得心灵上的拯救。在这个意义上，佛教和基督教是有共性的。另一方面是人心的存在状态。这决定着人生的'幸'与'不幸'。也就是说，人生的'幸'与'不幸'不是神佛赐予的，而是根据人心的不同状态而改变的。"可见，稻盛反对宗教上的宿命论。在他心目中，神佛并不具有决定一切的超然作用，信仰者可以与信仰对象处于平等的位置上。一个高尚的人遇到幸福，并不是因为神佛保佑，而是由于他心灵的"高尚"状态。在分析宗教共性的基础上，稻盛和夫又分析了禅宗的特殊性，他说："（佛教中）尤其是禅宗，非常注重对心的探究，指明心的存在。我非常想学习和体验具有这样特点的禅宗。因为我向来把纯化和净化人的心灵看成人生的目的和意义，所以，无论如何要探究心，对心了解得更多。因为禅宗是研究心的宗教，所以我想学习。"投入禅宗的修炼，这是稻盛主张的提高经营者心性的最主要方法。

稻盛和夫非常注重吸收中国文化中有助于提高经营者心性和品格的部分。

2001年，稻盛和夫在天津对中国记者说："我读了一些中国的古典思想，这些思想对培养人的心性，提高人的品德极有益处。"2005年6月23日，稻盛和夫在和大平浩二对谈时，也说到中国古代的经典特别是孔孟的思想对他很有益处。

稻盛和夫在他的著作和演讲中多次引用中国古代文献。为说明企业领导者应该具备的素质，他引用明代大儒吕坤（1536-1618)的话："深沉厚重是第一等资质，磊落豪雄是第二等资质，聪明才辩是第三等资质"。

另外一处是，为了说明"善"的含义，稻盛和夫引用了明代袁黄（1533-1606)的《阴驾录》中关于个人经历的记载。这段记载在《了凡四训》中也可以见到，有关袁黄的故事是稻盛和夫间接地从安冈正笃的《读立命之书〈阴鹭录〉》中读到的。这也是他受中国文化影响的证据之一。这个故事里包含着行善积德和因果报应的思想。稻盛和夫从中看到：行善可以改变人的命运。所以，他在企业实践中非常注重道义，也就是经济活动的社会效益。

把"利他之心"作为判断标准。积德行善，不一定立刻收到效果。为了说明这个道理，稻盛和夫在《活法》一书中引用中国明代《菜根谭》中的话："行善而不见其益，犹如草里冬瓜。"

为了说明人必须具有思"善"之心，稻盛和夫还引用了《孟子·告子上》中的一段话"孟子曰：仁，人心也；义，人路也。舍其路而弗由，放其心而不知求，哀哉！人有鸡犬放，则知求之；有放心而不知求。学问之道无他，求其放心而已矣。"此处的"心"是指善心。全句的意思是：孟子说：仁是人的善心，义是人的正路。舍弃正路而不走，丢失善心而不知寻求，真是悲哀。人有鸡犬丢失尚且知道寻找，却不知寻求丢失的善心。学问之道其实就在于找回丢失的善心。在稻盛和夫看来，当代的经营者在企业实践中，也必须体现出孟子所说的"仁"与"义"。

中国的史书向来具有给后人提供借鉴的作用。稻盛和夫也注意从中汲取营养，指导自己的企业行为。比如，稻盛谈到作为领导者的人，必须像中国经典《后汉书》中所说的那样，"远离伪(虚伪)、私(自私)、放(放纵)、奢(奢侈)之患。"《后汉书·荀韩钟陈列传》记载:荀悦作《申鉴》五篇，其中谈到："致政之术，先屏四患，乃崇五政。一曰伪，二曰私，三曰放，四曰奢。伪乱俗，私坏法，放越轨，奢败制。四者不除，则政未由行矣。夫俗乱则道荒，虽天地不得保其性矣；法坏则世倾，虽人主不得守其度矣；轨越则礼亡，虽圣人不得全其道矣；制败则欲肆，虽四表不得充其求矣。是谓四患。"稻盛认为，作为经营者，作为企业的掌舵人，必须远离"伪、私、放、奢"造成的祸患。

"以心为本"是稻盛和夫经营哲学的核心概念。如何提高经营者的心性呢？稻盛主要是从日本传统文化和中国传统文化中汲取营养。同时，他还主张借鉴传统的生产模式保持企业的特色。由此可见，"传统"对这位世界知名企业家意义重大。

第四节　儒家思想在日本企业文化的影响

企业文化也被称为企业精神，它是在一定的社会历史条件下，企业及其成员在长期生产经营和管理活动中所创造的、具有该企业特色的精神财富和物质形态，而文化观念、价值观念、道德规范、行为准则、历史传统、企业制度、文化环境、企业产品等，都包含在其中，具体体现了企业的凝聚力，强有力的企业文化是成功企业的体现。文化是与民族分不开的，在日本国家、民族文化的组成部分中，日本企业文化就是其中的一个重要方面。日本企业文化的特点也就代表了日本国家、民族文化的特点，而追根溯源，日本文化在形成过程中，方方面面都受到了中国儒家思想文化的巨大影响。

一、儒家思想对日本企业文化的影响

从近代日本明治维新以后，西方先进的文化和先进的科学技术逐渐代替了儒家思想，但日本文化依然受到儒家思想的影响。在明治维新以前，"四书五经"基本上是日本学校的必备课程，日本知识界甚至以对"四书五经"的了解程度和掌握情况作为判断学者水平高低的标准。而且，日本社会也把儒家思想的"忠、孝、仁、义"之道都吸收进来，等级森严的上下级体系在当今日本社会仍然保持着。

由此可见，儒家思想在日本的传播、发展，与日本传统文化的形成、发展是相伴相随的，儒家思想更是做为一种社会意识形态，对日本民族和社会的发展产生了巨大影响。这种影响，在日本社会的方方面面都蔓延开来，其中就包括日本的企业文化。

（一）"以人为本"——日本企业文化的核心

日本企业文化的核心就是"以人为本"，在企业的经营管理中，"人"都被经营者作为企业的中心，因此"以人为本"的管理制度逐渐形成了。日本著名的"经营之神"松下幸之助就把员工看作企业最重要的资源，认为"企业即人，成也在人，败也在人"。他自己的经营哲学就是:"首先要细心听他人的意见。"他还曾经说过松下先塑造人,后生产电器。而有"国际经营者"之称的索尼公司创始人盛田昭夫说得更加直接明了: "使企业得到成功的,既不是什么理论,更不是什么计划,而是人!"索尼公司的口号则是"要让管理工作去适应人,而不是让人去适应管理工作",这些日本企业的管理思想都体现出了"以人为本"。

另外,日本企业实行终身雇佣制、年功序列制,只要员工没有过错,就可以在公司里从入职一直工作到退休,而且薪酬和地位也会随着工龄的增加而得到提高。同时,日本企业非常重视对新员工的入职培训和对在职员工的再教育,企业会根据公司的盈利情况,让员工在公司内部或者外部、甚至去国外进行研修,不断提高员工素质和业务能力,从而使其为公司做出更大的贡献。以人为本,把提高劳动生产率与善于发挥和调动他人的积极性巧妙结合,这也是日本企业取得成功的一个奥秘。

"以人为本"还有一个体现,那就是日本式的经营方法,也有人认为这是一种家族式经营方法。日本人把企业当成一个"大家庭",每个员工都是这个大家庭的"一员",都应该与自己的"家庭"荣辱与共。公司的社交性活动计划通常都排得满满的,表面上说自由参加,实际上是全员参加。公司还会拿出相当一部分资金给全体员工提供福利:从家属补贴、交通费、职务补贴一直到公司住宅、宿舍、住房贷款、借贷的延期偿还、存款、健康保险等,无所不包。

毫无疑问,在这种"以人为本"的人文关怀下,大多数日本企业的员工都会因此认为,公司的经济稳定就等于自身的稳定,公司的经济发展就等于自身的发展，所以才会愿意为公司奉献自己的全部力量，为公司发展做出最大的贡献。

（二）"以和为贵"—日本企业文化的精髓

儒家文化把"以和为贵"作为最高的社会价值原则，日本文化将他发挥的淋漓尽致。不仅把"以和为贵"的儒家思想吸收进来，在处理人际关系中，将他作为基本准则并且把它引入到企业文化中去。例如，松下公司的"和亲"、丰田汽车公司的"温情友爱"、三菱电机公司的"养和精神"等，这些都反映了"以和为贵"的思想，"和能生财"这一观点，尤其在现代日本的企业管理中大行其道。

在企业内部，"以和为贵"是调节人与人之间关系的重要方式，"人和"被广泛运用于员工与员工之间、上级与下级之间，即企业内部的团结。日本企业称为"株式会社"，他的意思就是说企业如同一个大家庭，每一位"家庭成员"都有责任、有义务维持家庭内部的和谐、团结，从而来避免产生家庭内部矛盾。

"以和为贵"在日本企业内部被相当重视，从而使企业员工内部产生了强大的向心力、凝聚力和强烈的集团主义意识。松下幸之助认为，一加一等于二这是很显而易见的法则，但是在人与人的关系调节上，如果编组恰当，一加一的答案可能远远大于二；可如果搭配不合适，一加一很有可能等于零，甚至有可能都会出现负数。所以企业内部员工之间的关系，是日本企业非常重视和调整的一部分，即使发现并解决员工之间的矛盾，从而建立起和谐、融洽、团结的良好关系。最重要的是，"以和为贵"还能改善劳资关系，弱化雇佣与被雇佣意识，使整个企业呈现一片

133

"父慈子孝，兄友弟恭"的和谐景象，为企业以致整个日本经济的发展创造了前提。

(三)"礼治、德治"——日本企业管理的圣经

礼治和德治思想是孔子治国思想的两个主要方面。孔子认为，在治理国家上，行政和刑罚只能使人因为害怕而不敢做坏事，却不会使人有知耻之心，自觉不去做坏事；而用"礼治"来统一人们的行为，用"德治"来教化人们，却能起到行政和刑罚起不到的作用。日本的企业经营者把"礼治"和"德治"思想引人到企业管理中来，管理员工时更多的以用"礼"和"德"来教化、管理员工，尽量不采用严格的管束和处罚的手段，使他们自觉自愿地遵守企业的规章制度，维护企业的整体利益，尽职尽责的为企业的生存和发展奉献自己的全部精力。因此，在招聘员工时，非常注重对员工道德品质方面的要求，入职以后还要对其进行道德品质方面的培养教育，在日后的晋升和提拔时，作为主要的选拔标准，就是道德素养。

另外，在儒家思想的道德教化中，特别强调统治者的身教，即统治者自身的道德修养，"其身正，不令而行，其身不正，虽令不从"说的就是这个道理。因此日本的企业经营者非常注重自身的道德修养，处处严格要求自己，各方面都要做员工的表率，而且在与员工交流时非常注意措辞，尽量避免给人留下高高在上的印象。例如著名的东芝公司董事长土光敏夫就是一位德才兼备的领导，他最崇尚的是"率先垂范"、"以身作则"，主张言教不如身教，他经常深人员工之中，与员工谈心、聊天，认真倾听员工的声音，有时甚至会与员工一起举杯畅饮，把酒言欢，充满

了人情味，这种情感上的交流深深打动员工，使员工都乐意为公司效劳，极大调动了员工们的积极性。

从以上论述中不难看出，中国的儒家思想对日本企业文化产生了重大影响，尤其是儒家的重要经典《论语》，更是日本企业经营者的行动指南和商务圣经，在我国亦有"半部论语治天下"的说法。日本许多有名的企业家，如涩泽荣一、伊藤淳二、北尾吉孝等，都把《论语》作为自己为人处世和企业经营管理的指南。尤其是被称为"日本企业之父"的涩泽荣一，也被称为"儒家资本主义的代表"。他将《论语》作为第一经营哲学，并在自己的著作《论语与算盘》中总结自己的成功经验，就是"既讲精打细算赚钱之术，也讲儒家的忠恕之道"。

当然，日本企业对儒家思想并不是无条件地全盘接受，而是有选择地、批判性地继承，并将有利于本企业发展的部分发扬光大。在日本经济界与学术界共同构筑的"日本式经营"学说中，许多因素都具有儒家思想的特征，并特别强调儒家思想在经济活动中发挥的积极作用。因此，我们在分析研究日本企业文化时，一定要先认真研读我国的儒家经典，在此基础上，才能更好地理解日本的企业文化。

第五节　中国传统文化对日本企业管理的影响

二次大战结束时，日本经济已是奄奄一息，几近崩溃状态。然而，没用多久，日本经济奇迹般崛起，一跃成为世界经济大国,日本的成功引起世人关注。经过20世纪80年代一番研究热潮之后,人们终于惊奇地发现日本人成功的秘诀,除了技术方面的原因,还是因为他们有其管理企业的特殊方法。那么,这个特殊的方法究竟是什么?

一、关于中国文化对日本企业影响的共识

日本麦肯锡公司董事长、著名经济评论家大前研一说:"经过长时间的思索和调查,我终于找到了一本教科书,这就是《孙子兵法》"。《孙子兵法》开宗明义:"兵者,国之大事也。"而视竞争为战争、视商场为战场的日本企业家眼里则是:"人者,企业之本也"。只有充分发掘人的主动性和创造性,才能使企业产生强大的活力。日本前东洋精密工业公司董事长、经营评论家大桥武夫也惊奇地发现中国的《孙子兵法》有助于经营,并将其运用到实践中,很快使濒临倒闭的企业起死回生,步入坦途。其经验之谈《用兵法指导经营》一书,曾引起日本经营界的巨大反响,成为1962年日本畅销书。在此基础上,大桥后来又编写了一部长达10卷的《兵法经营全书》,成为日本经营者们经营管理的法宝。

日本工商会总裁涩泽荣一是日本企业领袖,也是企业教育家。他说,我以《论语》为买卖指南,一步也离不开孔子之道。他常把论语抄本带在身边,并根据日本实际对《论语》作了新的注释,涩泽认为富贵和货殖与论语并不矛盾,孔子并不轻视富贵,只是强调不能淫于富贵,要按照正道取得富贵。并举例道,孔门弟子中就有大商人子贡,孔子并未反对子贡从事于"货殖",孔子周游列国时还可能受到子贡的资助。于是涩泽的结论是"过去学者认为仁义与生产殖利不可两立，这是错误观念，我以论语精神经营企业，十年却无一失败……"

有道理而失败的人不是失败，无道理的人成功也不算成功。在涩泽的努力下，明治时期的实业家们逐渐形成了一种为国、为公、义利结合的实业思想，使儒教成为企业家的精神支柱。

松下幸之助生前非常推崇中国的儒家哲学和古典名著《三国演义》，把忠诚、合作、报恩、报国作为企业的基本精神。他说："一个领导人有求贤若渴的欲望，人才才会源源而至。刘备的求才诚意终于感动了诸葛亮，也使得许多勇将贤臣纷纷慕名而来。"20世纪70年代，日本企业遭受石油危机冲击，面临经营困难，松下幸之助毅然选拔名列第25位，仅有高中学历的山下俊彦为松下电气公司总经理，具有开拓精神的技术专家下山，果然不负"知遇之恩"，大刀阔斧改革机构，改善经营，不仅带领松下集团走出困境，而且继续走在世界家电行业前列。松下不仅不拘一格选拔人才，还不遗余力地培养人才。松下电器商学院即是为松下培养销售经理的一年制商业大学，学院的研修目标就是摘自中国四书之一的《大学》中的"明德、亲民、至善"。如此，中国的以《孙子兵法》、《论语》和《大学》等为代表的经书典籍被日本企业界推崇为现代企业制度赖以建立发展的文化基础。

二、对中国传统文化的独特理解与创造

日本式企业管理的特性，在明治维新以前受中国文化的影响很大，大约六世纪时，儒教和道教几乎同时从中国或经朝鲜传到日本。在中国思想史上，四书五经等儒家经典均属孔孟之道，而孙老韩庄基本被认为是道家思想的一脉相承，至于罗贯中、洪应明之述则是或儒或道的章回小说或道德格言。然而，正如欧洲人由于对相同的《圣经》的不同的解释，终于导致耶稣教与天主教的决裂，然后正如耶稣教兼立了一种全新的行为伦理道德（即韦伯所谓的"现代资本主义精神"）那样，在某些重要的方面，日本的儒教是非常不同于中国的儒教的；与儒教同时传入的道教，同样也经历了相当大的改造，并发展变化成为日本的神道教。其结果是在日本产生了一种完全不同于风行于中国的民族信仰。

中国的儒教把仁慈（仁）、正义（义）、礼仪（礼）、学识（智）、信义（信）作为最重要的美德，并且相信"仁"是人类最根本的美德。然而日本人所理解和传播的儒教却不是这样。在日本，虽然像中国一般其政府采纳了儒教的意识形态，但在其按儒教观点写成的《十七条宪法》及后来的《天皇诏书》中只提到，有成就的政府鼓励人们去修习儒教的美德，诸如忠诚、正直、礼仪、智慧和信念等等，忽略仁慈而强调忠诚，只能被看作是日本儒教所独有的特征。这个特征，绝非始自明治时代，可以追溯到更早时期，只是日本接近近代的时候，这一点就越发清晰了。此外，忠诚（忠）的含义在中国和日本也不尽一致。同样孔子的一句"臣宁君以忠"，在中国被解释为"臣子必须以一种不违反自己良心的真诚来侍奉君主"，忠诚即对自我良心的忠诚，日本人则将此理解为"家臣必须为自己的君主奉献出全部的生命"。其忠诚基本上是一种旨在完全献身于自己领主的盲目的真诚。而且，在日本，忠诚、孝顺和对年长者的义务一起塑造了一个价值三位一体，并在社会内调节付以权威、血缘纽带和各自年龄为基础的等级关系。

重忠诚而忽略仁慈的民族性，同日本"恩耻意识"的传统文化背景密切相关。恩耻意识在日本传统文化中占有重要地位。"恩情"是以纵向人际关系为前提的道德规范。上级施恩于下级，则得人心，下级知恩图报，好好工作则受尊敬。日本人以背叛自己所属社会集团的规程，伤害本集团名誉为耻，有较强的羞耻心理。

作为社会人事科学方法论的"理解"，并非是一个再造的过程。相反，它永远是创造的过程。在一个地理位置与别国隔离的日本，中国的文化要以一种未经改造的形式传播是不可能的。而恰恰正是由于此等差异，才形成了日本式管理的既不同于西方又不完全同于中国的特性，下列三项被称为日本式企业管理的"三大法宝"：

（一）命运共同体

与欧美管理哲学不同，日本的管理着重点不在"硬件要素"（泛指技术、纪律、政策之类）而在于"软件要素"（泛指思想、文化、精神之类）。欧美管理学过分强调哲理中的技术与理性，倾向于把资本看成资金、设备、职材料和技术，主导美国企业政策和外交政策的思想则是计划至上、技术至上，而人仅是一些可以调换的零部件。而日本企业，受中国文化的影响，很重视人的价值在管理中的主体性地位，人不仅是完成某种经济职能的操作者。但不同于中国企业的是，日本人在从封建主义过渡到资本主义进程中，又将其独特的、悠久的家族主义传统、忠君爱国以及武士道精神带进企业管理，形成所谓的"命运共同体"，强调职工与企业共存共荣，注意把企业办成一个大家庭，员工都是家族成员，在企业内部按资排辈，群体内成员间互相保持忠诚，在人事安排上，也尽力避免先入企业的人成为后辈的下属，后辈超前辈而被提拔的事例在日本企业中是罕见的。

(二)终身雇佣制

终身雇佣制对日本企业的经营管理和命运共同体有着密切的关系。采取终身雇佣制的目的是调动企业培养出来的青年人的积极性，增强其对企业的责任感和忠心，也使他高兴地感到有被提升的希望。根据这个制度，职工从学校毕业到平均五十七、八岁退休为止，一直在一个企业中工作。同时，结合"年功序列工资制"，随着工龄的增长相应提高其工资和地位。在个人的援助、福利措施以及退休金等方面，给职工以种种好处。只要不是长期萧条，职工就没有被解雇之忧。此等终身雇佣制，使特定企业成为职工的终身劳动场所，从而使职工一方面有了"安全感"；另一方面也产生了"归属意识"，把自己的命运同企业的命运紧密联系起来。

在一个日本式的儒、道教社会中，每一个人都必须努力证明他对自己所属的那个社会的忠诚。劳工不被看成是一种高级商品，忠诚的精神得到珍视。"忠诚"市场在每个人从学校或学校毕业后的一生中只对他开放一次。正是在这个市场中，那些能够提供忠诚的人遇到了那些正在寻求忠诚的人，亦即他们的"主人"。自由进出这种忠诚感情的市场以及几易其主，都被视作反判行为。如果职工不安心于本职工作，大量外流或被开除，则被视为不得人心的事情，是企业家的一种耻辱。正如在纪念松下公司成立15周年纪念会上，雇员代表在回答松下幸之助的一个讲演中所说:"没有任何事情能够使我们比今天在这里出席公司成立周年纪念大会更感到高兴了。我认为我们雇员必须承认自己的耻辱:完全是由于我们自己不胜任,使得我们今天不能报答我们董事长长期以来给予我们的亲切教导。不过,今天他在讲演中赞扬了我们,这个讲演如同从懒惰中唤醒我们的警钟。我们保证把它的含义牢记在心,更清楚地意识到我们公司——松下电器的使命,并不惜冒着生命的危险,努力履行我们的责任。"显然,这些雇员所保证的是要在松下公司内的生活和死亡。对他们来说,不存在维护自己的调换工作的自由问题,雇员们表现出的这种忘我的献身精神,以及把公司看作是他们将要在那儿殉职的地方的精神状态,在战后仍然流行于日本的各大公司,尽管没有达到战前松下公司那样极端的水平。

(三)年功序列工资制

随着工龄的增长而增长的工资称资历工资(又称"年功序列工资制")。在日本,工龄工资占60%,职能工资占40%,而且平均每年大约递增2%的工资,一般在临退休前达到最高峰。日本企业职工的工资差别至多为5-6倍,而不像美国那样高达几十倍。日本企业家认为,工资收入差别过大,不利于内部团结。资历工资的基础是终身雇佣制,公司通过资历工资制来购买忠诚,作为回报,它们要求雇员终身为公司工作。

三、从"和魂汉才"到"和魂洋才"

在历史上,日本从没有产生过具有世界影响的文化及思想、科学方面的巨人,日本是双重意义的"资源小国"。双重资源的贫乏,促使日本人积极地向外界寻求物质、精神的能源和资源。

从历史来看，日本人先学中国，产生所谓"和魂汉才"之说法，使中国文化（主要是儒家文化）开始了日本化的过程。直到17世纪，德川幕府仍以朱子学为其主要精神支柱。至于什么是"和魂"，东京大学的两位教授曾作过极为凝炼的解答。一个用英语回答说："Digest"，意思是"消化"；另一个用日语回答说"鸟次瓦"，意思是"容器"。这就是说，日本民族对于外来文化具有很强的消化力和容受力。人只有当肚子饿了，才会有食欲和消食的能力，容器只有当内部是空的，才会有接纳外来物质的容器。日本人之所以能非常热心地吸收外来文化，是因为他们具有文明饥饿感和中空的精神构造。

明治维新开始后，一个同样的引进消化过程又展开在日本与西方国家之间，所谓变"和魂汉才"为"和魂洋才"。在这种学习西方的热潮中，由于中国儒家文化长达千余年的影响，已构成"和魂"的重要组成部分，难以抛弃，涩泽荣一的"道德经济合一说"形象地说明了这一点。社会上通俗地将其比喻为"论语加算盘说"。即一方面，接受西方先进的科技和管理方法；另一方面，又以儒家文化治企业。此言一语道破了日本式企业管理是美国绝对利润原则与中国传统哲学的"合金文化"。中国的文化和美国的技术传到日本，被改造成"日本文化"，深深地根植于日本大地，由此促进了日本经济和社会的发展。

由此可知，在企业管理文化上，日本可以被看作是处于中国和西方之间的道路上，它融合东、西而获得了巨大的成功。日本的成功，至少首先证明了一个事实：以儒家等为代表的中国传统文化与现代西方物质文明是可以共生的。其次，从文化对经济的作用看，日本既没有完全西化，也没有完全中化，它是在保留自己民族性的前提下，结合中西方文化的精华而获得的奇迹。

第七章　日本文学对中国文学的影响

第一节　日本文学影响与中国近代文学构建

世界上任何一个国家文化的发展，都不可能是孤立封闭的自我成长，总是要和别国的文化进行交流，互相影响、补充、渗透，不断借鉴、吸收、融合外来文化。就中国而言，特别是在十九世纪末二十世纪初，这种文化交流的深度和广度都达到了空前的程度，对我国现代新文学，起着明显的、巨大的推动作用。在中外文化交流的历史上，中国与一衣带水的邻邦——日本之间的交流格外引人注目。尤其是近代，这种交流更以日本对中国单方面的影响为主要趋向，令人不可忽视地存在着。

中国近代文学是在中国社会风云激荡的历史性变化之下，广泛接受外国文学影响，融入世界文学潮流而形成的真正现代意义上的新的文学。钱钟书言："现代中国文学受外国文学的影响是毋庸讳言的，但这种文学借鉴不是亦步亦趋的模仿，而是如鲁迅所说'放出眼光，自己来拿'。"那么，在开放的世界体系中，在社会要求与外来影响的相互撞击中，特别是在"拿来"构建中国现代文学的历程中，日本文学究竟起到了怎样的作用？

一、日本文学经验的现代性,对中国现代文学之构建产生了积极影响

翻开近代文学巨卷的扉页,首先映入眼帘是这样一些名字:鲁迅、郭沫若、郁达夫、周作人、田汉、张资平、欧阳予倩、刘呐鸥、夏衍、李大钊、陈独秀……在中国近代文学发展的特殊阶段,这些中国近代文学的中坚均留学过日本,由他们发起和指导的中国新文化运动、话剧运动、左翼文艺运动和由他们成立和领导的创造社、中国新感觉派,均与日本文学有着千丝万缕的联系。"日本近代文学经验是中国近代文学非常宝贵的资源,不论是在艺术上还是在思想上,都对中国近代文学具有积极的影响。"这种"积极的影响"首先体现在日本文学经验带来的不可阻挡的近代性。鸦片战争的爆发,催生了中国近代史上声势浩大、影响深远的留学运动。甲午战争之后,康有为提出了"请广译日本书,大派游学,以通世界之识,养有用之才",张之洞发表了"不啻为留学日本宣言书"的《劝学篇》,近邻日本作为赴外留学的首选目的地进入中国文人的视野。清政府意欲巩固专制统治的扶持政策、日本培植亲日势力的实际需要以及中日间同源的文化、相似的人种和地缘优势,使得"留日热"迅速兴起。而这批留日知识分子中的"精神界之战士",带着"或排满,或革命,舍死去做"的决心投入日本的异域体验之中,"开始看清了我们中国在世界竞争场里所处的地位","开始明白了近代科学不问是形而上或形而下的伟大与湛深","觉悟到了今后中国的运命,与四万五千万同胞不得不受的炼狱的历程"。正是在这样的异域体验之中,留日知识分子的民族意识勃兴、民族主义情绪

高涨，探讨建立"民族国家"的言论大量出近，构成了留日知识分子的思想主潮，反映在文学领域，就是关于"革命"、"民族崛起"是否可以内在于"文学"的追问。

众所周知，中国近代文学的"新路"是从诗歌开始的。而日本文学对中国近代文学之影响，也首先体现在诗歌上。在日本，梁启超提出了著名的"诗界革命"的主张。这一革命，不仅涉及语言形式，更重要的是直击诗歌"新境界"之靶心：维新派知识分子乃至南社革命派的同时代人都纷纷在诗作中表现出自由、民主、平等、主权等极具近代意识的命题，而日本，实际上成为传播和探索中国"新派诗"的中心。不独诗界如此，"小说界革命"也不容忽视。日本的文学改良运动中，以"经世济民"为创作宗旨的政治小说成为启发民智、宣传政党理想的工具，其对政治改革产生的推动作用，引起了中国维新派人士的重视。在中国的新小说尚处于孕育阶段的时候，梁启超基于对日本小说经验的研习，在日本横滨创办了《新小说》杂志，将小说奉为"文学之最上乘"。1918年4月，周作人在北京大学文科研究所发表了题为《日本近三十年小说之发达》的演讲，从日本明治维新以来的小说发展历程中总结出"摆脱历史的因袭思想，真心地先去模仿别人"。

同样，对民众启蒙、社会改革的热望，使留日中国知识分子力图通过戏剧实现"移风易俗"的目的。陈独秀在评价戏剧的作用时曾言："戏园者，实普天下人之大学堂也；优伶者，实普天下人之大教师也。"这些学堂以"唤起国家思想为唯一目的"，这些教师以传达民族主义或民主革命的时代情绪为己任，他们从当时日本新派剧探索的热烈氛围中体验着戏剧的形态与魅力,并在随后的艺术实践中摆脱了单纯异域文化输入的模式,在同本土观众的"教学相长"中提升了戏剧艺术的境界。

日本因素介入的第四场革命是"文界革命"。在集中体现中国近代散文创作成就的政论性散文领域,当时大行其道地讲求"阐道翼教"的桐城派古文和极尽修辞对仗之能事的俪偶骈文均已无法传达中国文人深重的忧患,而日本文学的革命性、现代性动向给中国散文变革提供了巨大的资源,日本的散文经验恰到好处地支撑了大势所趋的文体革命,日本的国土也为中国留学生呼唤革命、倡谈自由与人权提供了中国封建统治者政治控制鞭长莫及的舞台。

二、留日文人现实问题意识的工具性,制约着中国近代文学的健康成长

纵观中国20世纪的历史进程,救亡与启蒙、西化与民族化、传统与创新等一系列问题始终萦绕、挥之不去。而"浮槎东渡"的留日中国文人,又将这种无法摆脱的纠结和骚动不安演绎到了极点:他们认定"我中国今日欲脱满洲人之羁缚,不可不革命,我中国欲独立,不可不革命,我中国欲与世界列强并雄,不可不革命,我中国欲为地球上强国,不可不革命",他们就是鲁迅笔下的"摩罗精神"的具象,他们留学的目的就是为了向中国输入日本近现代化经验。于是,大量急于改变中国文化命运的知识分子集聚日本,因为这里汇集并中转着他们最为需要的西洋文明,展示和炫耀着令他们艳羡和惭愧的东洋文明。郭沫若说:"我们在日本留学,读的是西洋书,受的是东洋气。"正是基于对西洋

文明和东洋文明的热切向往，使得大部分留日中国文人面对日本文化和日本文学的时候，缺失了文化传播和文学接受中理应持有的距离感。因此，他们较少跳出浸淫其中的文化氛围，从一个旁观者的角度作冷静的观察和理性的思考，未能全面、深入地挖掘出日本文学对中国近代文学发展的多重意义，而是在急功近利心理的驱动下，对经判断是中国近现代化有用的、可以解决中国现实问题的，就倾尽全力地加以介绍、吸纳。浓重的现实问题意识，使文化传播和文学接受显现出浓重的工具性，从而导致了一定程度的盲目性，这样的负面影响潜在地制约着中国近代文学的健康生长。

现实问题意识的工具性，集中体现于"小说界革命"之中。如前所述，梁启超及20世纪初叶中国作家尝试的"小说界革命"极大提高了小说在读者与作者心中的地位，并在整体上拉动了中国文学大调整的帷幕。但是，无论是留日的中国文人还是国内的维新派知识分子，他们对日本小说的关注仅仅局限于其蓬勃发展的事实、启蒙民智的成果，而极度缺乏亲身体验的实感。特别是像梁启超这样一个将政治失败的焦虑转移至文学领域的政治家，无时无刻不在追问"革命"是否可以内在于"文学"，急切地希望找到一条能够解决现实政治难题的万全之策。因此，他无暇深入研究日本维新的整个过程，充满主观臆断地放大其中的某些因素。关键在于，像梁启超这样急切的功用心态实为留日中国文人之常态，怀揣的难以抑制的焦虑无可避免地影响到小说作家的创作心境，最终影响到小说本身的深度与广度，影响到艺术作品本身的价值。这种影响投射于现实，表现为中国当时的政治小说完全摒弃了日本"启蒙文学"思潮中政治小说的政治加私情的模式,彻底将个人私情抹杀,独留枯燥的说教。

三、丰富文学美质但偏安一隅的余裕性,与中国现代文学的密切联系

在充斥着革命急躁情绪的大部分留日中国文人看来,文学的美质俨然成为"载道"的附属。然而,在日本众多的文论中,极度缺乏"革命气息"的夏目漱石的"余裕论"却吸引了鲁迅等人关注的目光。1907年,在为高滨虚子的小说集《鸡冠花》所写的序言中,夏目漱石提出了"余裕派"和"非余裕派"小说的分类,他指出:有余裕的小说就是"低徊趣味"的小说,这种趣味是"流连忘返、依依不舍"的;没有余裕的小说是"高度紧张的小说",是"没有舒缓的成分、没有轻松因素的小说","出现的都是生死攸关的问题,发生的是人生沉浮的事件"。在中国,最早译介夏目漱石及其余裕文学的是鲁迅。其后,自20世纪二三十年代起至四五十年代间,中国翻译出版的夏目漱石的作品,基本上是以《草枕》为代表的、充分体现其余裕特点的前期作品。这些作品为鲁迅所推崇,被大批中国读者所青睐。似乎与当时的社会背景及留日中国文人的主流思潮相悖,特别是被誉为"战士"的鲁迅对余裕文学的热心提倡,更是使人大惑不解。

余裕性对于丰富文学审美的意义是毋庸置疑的,但在中国轰轰烈烈的变革时代中并未得到多数人的认可,始终偏安一隅。但是,正是在余裕文学的影响和对余裕论的超越下,鲁迅及其"战友"进行了一系列艺术的、"以寸铁杀人"的"文明批评"和"社会批评",散发出无可比拟的深刻而持久的光辉,成就了中

国近代文学中的闪亮篇章。

在中国近代文学构建的过程中,日本文学经验的现代性发挥了积极影响,并在多种力量的共同作用下,使中国文学顺利完成了现代演变与过渡;留日中国文人现实问题意识的工具性,使日本文化和文学在中国的传播和接受产生了偏差,一定程度上制约了中国现代文学的健康成长;而丰富文学审美但偏安一隅的余裕性,使日本因素在中国现代文学的构建中闪现出独特的光辉。

第二节 五四时期的日本文学影响

文学是具有世界性的,每一个国家的文学都在与其他国家文学的不断交流中发展壮大。日本作为中国的一个相当特殊的邻居,从经济到文化对中国都有一定的影响。在五四时期,中国文学处于辛亥革命与新文化运动的大环境之下,成为中国现代文学形成过程中的奠基部分。此阶段日本文学处于近代文学的阶段,对中国文学有着不可忽视的影响。

一、五四时期的中国文学

(一)五四时期的中国文学史

五四时期的中国文学是以辛亥革命为背景产生的,分为产生期、建设期与收获期。

产生期主要以胡适发表的《文学改良刍议》中提出的"八事"为开端。之后陈独秀在《文学革命论》中提出著名的"三大主义"。他指出:"曰,推倒雕琢的阿谀的贵族文学,建设平易的抒情的国民文学；曰，推倒陈腐的铺张的古典文学，建设新鲜的立诚的写实文学；曰，推倒迂晦的艰涩的山林文学，建设明了的通俗的社会文学。""三大主义"的提出，在理论上为新文学的产生指明了道路。刘半农对文章要分段、要加标点符号的理念的提出，规范了现代文学的格式。

建设期主要是指胡适在《建设的文学革命论》中提出对文学形式的探讨，并提出"国语的文学，文学的国语"的观点，李大钊也对文学内容提出要求"宏深的思想，深刻的学理。"这些观点是对新文学的文学形式、思想革命、文学内容提出具体的要求，为现代文学的产生提出了更加具体的要求，使五四新文学的发展方向更加明确。

收获期主要是指白话文文学的产生。1918年1月胡适等人在《新青年》上发表了八首白话诗，这意味着新诗的产生。《新青年》不仅唤醒了现代青年的个性意识，还增强了他们的对社会的改造意向，《新文学》成为五四文学的先声。这期间的代表作有刘半农的《教我如何不想她》，运用白话文写诗，感情真挚，对当时的文学界产生了重大的影响。同时，陈独秀、胡适、鲁迅等人开始运用白话文进行杂文创作，成为现代杂文的样品。文学家、思想家、革命家鲁迅还在《新青年》上发表了第一篇白话文小说《狂人日记》，在文学界以及整个社会都引起广泛的震动。鲁迅先生成为现实主义文学的先驱，确立了现实主义文学在五四文学中的主体地位，推动着五四文学不断向前发展。

(二) 五四文学的文学理论

胡适作为五四新文学运动的领导者，在进行五四文学理论的创设成就时曾指出："我们的中心理论只有两个,一个是我们要建立一种'活的文学',一个是我们要建立一种'人的文学'。前一个理论是文字工具的革新,后一种是文学内容的革新。"胡适关于五四文学的文学理论的提出,在现在看来并不完善,值得推敲,但在五四运动时期能提出这样恳切的文学史反思,是值得得到广大学者重视的。

中国现代文学的核心是白话文的建设问题,而五四文学是中国现代文学的开端。为此,五四文学的文学理论围绕白话文建设展开,并为现代文学的发展进步而努力。此时的社会大环境是动荡不安的,各学派学者各抒己见,将白话文与文言文孰轻孰重的问题推到了风口浪尖。在进行争论的过程中,各派人士的认知都比较极端,并吸引了大批学者的关注。在《中国新文学大系》中,关于白话文与文言文争论的文章占据了大量篇幅,这一争论久久不能落下帷幕。直至1920年北洋政府教育部颁布命令,要求国民学校的低年级国文课教育统一运用白话文体,使白话文的地位得到确立。

有关白话文的语言理论成为支撑五四文学顺利发展的重要理论。相关知识分子明确地认识到了思想文化的表达是离不开语言的,要充分利用语言表情达意的功能来进行思想文化的阐述,让现代人运用好白话文在日常生活中与他人进行交流,并达到传达思想感情的目的。在日常生活中更多地运用到白话文,才能让更多人将白话文运用到文学创作中去,使白话文体得到普及,为更多人所承认。同时,现代白话文的义构成和语法结构是深受外来语言影响的,尤其是由于五四文学的引导者们多数留学日本,使中国的白话文体深受日语影响。使得白话文运动成为了文学形式、文学内容乃至文学思想的革新。

同时，"人的文学"在五四新文学运动中成为一种理论指导。这一理论引导广大知识分子挣脱封建制度的枷锁，将个人的独立自由的精神放到一个相当重要的位置。从而促使广大知识分子追求解除人的自然属性，倡导将个体心性超越自身的有限存在感，成为五四文学在思想内容方面的指导。

由于当时各学者对现代文学的认知还不够到位，将白话文体作为五四文学的形式指导理论，将"人的文学"作为思想指导理论，都不能形成完整的理论指导体系。但随着这两者的理论指导，五四文学不断催生出新的文学，从而推动了现代文学的产生。

二、日本自然主义对五四文学的影响

（一）日本自然主义的理论特点

首先，日本自然主义强调"贴近自然"，在进行文学创作时追求无限制地放大自然。其次，日本自然主义还强调"无理想、无解决"的"平而描述论"。其出发点是"无理想"。日本自然主义作家和学者认为实现理想需要在远离社会、远离现实世界的条件下才能完成，理想的产生使人们对现实生活的把握多了不可靠因素，因此在文学上贴近自然，打破理想境界才能实现对"真"的追求。第三，日本自然主义强调追求人性的"自然性"，认为在文学创作时要追求人类"本能冲动"，展现人性中的动物性的一面。相关学者会在自己的作品中毫无顾忌地描述黑暗、暴力、血腥的内容，以求在对人类的黑暗而进行研究之后塑造更立体的人物形象。后两点是在"贴近自然"的理论上形成的，成为第一点的延伸。

自然主义是日本特有的理论，摆脱了对西欧文学的盲目模仿，使日本近代文学的独特个性得到了确立。日本的自然主义是以日式的思考方式进行文学作品的创作的，将"自然"还原为真正的原原本本的自然，打破理想境界而无限扩大现实世界，一味地描写身边发生的实事，并最终导致"私小说"的出现。日本自然主义理论的产生是有迹可循的，早在《源氏物语》紫式部就强调应用"写实论"来进行文学创作。但日本古代的写实意识是以感情为主色调，强调以真情实感进行创作，从而实现对真实性和自然性的追求。

（二）日本自然主义与五四文学

日本自然主义给五四时期的中国文学带来了极大影响，也造成了诸多学者对其的误读。许多学者并不重视日本自然主义，同时，由于部分日本学者对自然主义与现实主义的混淆也造成了中国学者无法准确地理解何为真正的自然主义，使各学者对其进行误读。特别是深受传统文化影响的中国学者们，自然能够在五四时期吸收外来先进思想进行五四新文学运动，但对于日本自然主义学者对人类"兽性"的追求无法理解，认为其会对中国群众的思想带来负面影响。

种种误读使得日本自然主义对中国文学的影响被局限在一个较小的范围内，但其带来的影响并不容忽视。尤其体现在五四时期的创造社上。

五四时期是一个充满矛盾与冲突的时间段，是中国由黑暗社会走向光明社会的转折时期。此时，各知识分子的人生理想无法在这个动荡的社会得到实现，人们要不停地与黑暗现实作斗争，需要一个发泄点来表达自己内心的愤懑，将灵与肉解放出来。而日本自然主义中的"自叙传"手法为广大与黑暗现实进行抗争的知识分子提供了发泄的需要。郭沫若和郁达夫是这一时期创造社的代表人物。

郁达夫在进行《沉沦》的创作时，描述的多是孤芳自赏的内心世界，以自我为中心，进行自叙式的文学创作，是自然主义在中国五四时期文学中最显著的体现。郁达夫作为一个真正的文学青年，在文学的世界中对统治者的黑暗统治进行反抗，脱离政治内容，在文学创作中追求精神上的满足。这种正是受日本自然主义的影响的突出体现。这与日本自然主义发展到后期"私小说"的出现，倡导将个人与社会割裂开来，从而发现真正的自我是十分类似的。

日本自然主义是将个性解放放在首位的，这一点与五四时期的社会大环境不谋而合，成为了相关知识分子接受自然主义的一大助力。自然主义强调自我的意识，促使了中国先进青年们追求个性解放，通过文学创作来表达自己内心的痛苦与矛盾，高唱着"要重新创造我们的自我"，在强调真实的情况下追求个性解放，成为日本文学在五四时期对中国文学最大的影响。

综上所述，中国文学的发展历程十分悠久，在发展过程中必不可少会受到其他国家文学的影响，特别是日本文学与中国文学有着十分密切的联系。在五四时期，由于各阶层知识分子欲挣脱黑暗社会的枷锁追求个性解放，虽然不能正确理解与接受日本的自然主义，却也在最大限度上受到了日本文学的影响。

第三节　日本文学崛起对中国文学的现实提示

在八十年代，川端文学以及新感觉派文学对我国"寻根文学"和"先锋派文学"的领军人物贾平凹、余华和莫言的创作产生过至深的影响。这是继三十年代之后日本新感觉派文学对中国文学创作所产生的第二次大规模影响。

在新时期的外国文学介绍中，川端康成文学的译介十分引人注目。尽管他的作品早在1942年就曾被译成中文，但大规模的译介还是从70年代末才开始的。八十年代，川端文学以及新感觉派文学是学界的研究热点之一，从一个侧面促进了中国现代文学史研究和文学观念的革新，对贾平凹、余华、莫言等一批作家的创作也产生了至深的影响。同时，文学环境的变化反过来又推进了川端文学在中国译介的速度和规模。到目前为止，川端的几乎所有作品都有中文译本，仅大型的多卷本文集已经出版3套，这在中国的日本文学翻译史上是独一无二的。可以这样认为，川端文学的译介与八十年代的文学变革具有多重的互动关系，是中日比较文学研究中的一个重要课题。

一、日本文学对中国文化影响的开端

1978年，《外国文艺》的创刊号上发表的侍桁译《伊豆的舞女》（一般译为《伊豆的舞女》）和刘振瀛译《水月》正式拉开了川端文学在中国大规模译介的序幕。关于作家及其创作风格，译者侍桁作了如下介绍：川端康成在日本现代文学史上被称为"新感觉派"作家，1968年获诺贝尔文学奖。"新感觉派"的出现，实际上是第一次世界大战后欧洲文艺思潮流派在日本影响的反映，作家认为感觉是新奇的，只有通过主观的感觉才能接触到现实事物内部的真实性，他们在文学上所探求的是所谓现实的核心，也就是给现实做一次艺术的加工，企图由此逃避现实，他们作品的特色是描摹瞬息间纤细的感觉，细致的心理刻画。

侍桁的介绍着重突出了川端康成作为诺贝尔文学奖获得者和"新感觉派"作家的身份，并大致勾勒了"新感觉派"文学的主要特征。《伊豆的舞女》虽然发表在日本新感觉派的机关刊物《文艺时代》（1926年）上，但严格地说并不具有"新感觉派"文学的典型风格。川端其实另有新感觉特色更为鲜明的作品，因此译者将《伊豆的舞女》当作"新感觉派"文学的代表作来极力介绍显得有些错位。译者所谓的"描摹瞬息间纤细的感觉，细致的心理刻划"的特征，对于评价《伊豆的舞女》也许很贴切，但不足以真正概括"新感觉派"文学的独特风格。应该说，文体的新奇性和感性化的表达方法是其最大特点，但恰好是这一特点在侍桁的介绍里被忽略了。

这样的错位主要是受当时的文学大环境的束缚。《外国文艺》的编者在创刊号的"后记"中指出，当代外国文艺存在"谬误、丑恶、敌对的东西"，介绍进来的目的之一是希望批判其中的"谬误、丑恶、敌对的东西"，"有助于在斗争中锻炼人民，提高识别力"。而该创刊号上，除川端的两篇小说外，还有意大利"隐逸派"著名诗人蒙塔莱的诗歌、法国存在主义作家萨特的剧作《肮脏的手》、以及美国当代"黑色幽默派"作家赫勒的长篇小说《第二十二条军规》的几章。新中国成立后，如此密集地在一期文学杂志上介绍外国的现代派文学作品可谓空前的壮举。但细细查看，会发现这些作家和作品无不是经过精心挑选的。他们既要能够代表当代外国文学的各个流派，但作品在意识形态上又不能走得太远。蒙塔莱的诗歌属于抒情性质，萨特的戏剧和赫勒的小说是批判资本主义社会现实，因此译者侍桁绕开川端那些新感觉特色更为鲜明、但内容也更为消沉颓废的作品，而选择抒情性的《伊豆的舞女》也尽在情理之中。

然而，不可否认的是，川端文学以这种错位的方式在中国的亮相却有利于打开在中国译介的畅通渠道。一方面，他头上的"新感觉派"的招牌在追逐新潮的时代背景下具有很强的吸引力，另一方面实际介绍的却并不是他的先锋性的现代派作品，而是那些与传统小说有所调和的小说，让一般读者也能接受。随后，川端的《雪国》、《古都》等作品纷纷翻译成了中文。围绕川端文学的评价，虽然在内容的价值取向上有一些争论，但在手法技巧上大都给予了较高的评价，概括起来有以下两点：一是巧妙地将西方现代派小说手法与日本传统文化结合在一起；二是较好地处理了现代派手法描写本土现实生活的问题。这两点恰好一直是新时期现代派文学译介者们所面临的两个最重要的问题。有学者认为，现代派艺术不遵循现实主义创作方法，强调"非理性、直觉性、反对形象、追求抽象，不描写客观事物的真实，只是表现主现的幻觉、潜意识、下意识等等，这是违反一般艺术规律的"，予以彻底否定。也有学者在指出其唯心主义的思想基础后，认为作为写实手段的补充，"某些具体艺术手法，却不是不可以拿过来利用的"。从这一意义看，川端的作品不仅是外国的现代派文学，同时也是亚洲作家成功地借鉴欧洲现代派文学的一个样版。在当时的许多学者看来，荣获诺贝尔文学奖项是明证。在有关现代派的论争中，川端康成文学始终处于十分特殊的有利位置，因此形成了持续的翻译介绍和研究的热潮。

二、日本文学对中国近代文学的进一步深入

尽管早就有研究者指出川端的那些"货真价实"的新感觉小说多半是盲目模仿西方现代派的失败尝试，《伊豆的舞女》的成功毋宁说在于摆脱新感觉派文学的创作风格，但这好像并没有妨碍中国读书界从《伊豆的舞女》中读出"新感觉"来。并且，随着川端文学的广泛介绍，翻译界和学界又开始关注日本新感觉派文学本身。

谭晶华在1981年《新感觉派》的短文中，除重复侍桁概括的"描摹瞬息间纤细的感觉，细致的心理刻划"的特点以外，还指出这一文学流派的文体的新奇性和感性化的表达方法。较为系统的介绍文章当首推叶渭渠发表在《当代外文学》(1983年3期）的《试谈新感觉派的特征》。叶渭渠在更早的文章中涉及到"新感觉派"文学的时候，曾认为"是建立在主观唯心主义的基础上的，没有正确的理论指导"，基本上持一种否定态度。但是，在这篇文章中，叶渭渠没有从认识论的角度简单地加以否定，而是具体分析了其思想内涵和艺术特色。他认为，新感觉派文学在内容上虽然"悲观、孤独、绝望，导致宿命、虚无、神秘、乃至走向无政府主义"。但是他们透过主观感情和自我感觉，反映当时日本社会分崩离析，反映资本主义社会的危机和异化现象，以及反映人们在激变中的感情波折、精神反常的心理状态和畸形脱节、虚无颓废的精神状态，因而具有一定的认识价值。其艺术特征，首先"是通过刹那间的感觉，采用象征和暗示的手法，来表示人的生存的基本关系和人的生存价值和意义"。其次根据主观感觉把握外部世界，运用想象构成新的现实，然后通过新奇的文体和华丽的词藻加以表达。至此，一直被忽略的新感觉派文学的文体的新奇性，在叶渭渠的文章里才得到正式确认和详细分析。其实，二、三十年代刘呐鸥等人介绍日本新感觉派的时候，主要关注的就是文体。

和叶渭渠的上述文章同期刊载在《当代外国文学》上还有川端康成的小说《温泉旅馆》和横光利一的小说《苍蝇》《春天的马车曲》。值得注意的是，对新感觉派文学文体特征的确认，使得叶渭渠在翻译川端作品时，有意识地选择了能够表现这一特征的小说《温泉旅馆》。叶渭渠的文章也是结合翻译小说来解说的。比如，在例举"阿雪把男客的甜言蜜语，直接比作他的弟弟身上被继母痛打得青一块紫一块"的象征手法后，分析说，"本来甜言蜜语与青一块紫一块是毫不相干的，前者是听觉作用，后者是视觉作用，作者把两者统一在一个感觉概念里，用视觉的青一块紫一块，来渲染加深听觉中的甜言蜜语的感觉印象"。

八十年代上半期，随着日本新感觉派以及其他国外现代派文学的介绍，由现实主义一统江山的文学界发生了深刻动摇，文学界开始挖掘和整理中国现代文学史上的现代主义文艺思潮。较早从事这项工作的严家炎认为，对于现代文学史上的现代主义这条线索，过去人们长期采取回避的态度，以致到后来简直有点湮没无闻了。但它实际上在小说流派的形成、发展过程中，起着相当重要、相当活跃的作用。"现实主义、浪漫主义、现代主义这三种思路、三条线索在不同历史条件下相互扭结、相互对抗，同时又相互渗透，相互组合"，构成了现代小说流派变迁的重要内容。在他看来，中国的现代文学史上能够称得上现代派文学的，就是刘呐鸥、穆时英、施蛰存等的新感觉主义小说。

严家炎还撰写了专题论文《论三十年代的新感觉派》为中国的新感觉派文学正名，并于1985年选编出版了一本《新感觉派小说选》（人民文学出版杜），使得中国的新感觉派文学时隔数十年重见光明。此后，又有多种相关小说出版，掀起了海派文学研究的热潮。这些研究或钩沉文学史，或探讨小说技巧和文体等理论问题。值得注意的是，《新感觉派小说选》等书籍的出版提供了中国人自己写的现代派小说的范本。学界的这些动向与八十年代中期文坛上风起云涌的"寻根文学"、小说技巧探索浪潮汇合在一起，形成滚滚洪流。贾平凹说他八十年代的写作曾受到过来自川端康成和施蛰存的双重影响，可谓是对当时这种文学状况的绝好注释。

三、中日文化交流渐成气候

1986年，上海文艺出版社出版了一本《探索小说集》，汇集了新时期以来在小说样式上有所创新的作品。在该书的《代后记》中，评论家吴亮和程德培列举了包括川端康成在内的六位外国作家的名字，认为他们对中国当代文学创作产生的影响最大。文章指出："川端康成是近来小说创作的一个重要依据和榜样，是他唤醒了某些气质内向的作家的智慧和灵识,把他们的感觉能力磨得更细更敏锐"。有关这一点,的确可以从一些作家的自述中得到印证。

王晓鹰坦率地承认,初登文学殿堂之时,心境迷乱,那时给予她的艰难跋涉以直接影响的就是川端康成。余华也回忆说,1982年与川端康成《伊豆的舞女》的偶然相遇导致了他"一年之后正式开始的写作"。川端的作品笼罩了他最初三年多的写作。让余华着迷的也首先是川端文学那"细致入微的描叙"。他说:"那个时期我相信人物情感的变化比性格重要,我写出了像《星星》这类作品"。这种注重人物情感细微变化的描叙形成了余华早期小说的风格,即结构的散文化倾向和自怜自爱的哀伤情调。这种哀伤情调从处女作《第一宿舍》开始就非常明显,以至于编辑点评道:"后半部,哀伤味过浓一些"。在取材方面余华也明显受其影响,注重身边的凡人凡事,如《月亮照着你,月亮照着我》、《竹女》、《老师》。

显然,川端文学的细腻的描写手法和哀婉的抒情风格对这些作家产生了巨大影响,使得他们的创作在当时伤痕文学和改革文学的宏大叙事的背景下显露出虽然幼稚却关注个体的叙事风格。但与此同时,川端文学也给他们的创作带来了某种压抑。余华称,川端"十分内心化的写作"使他感到"灵魂越来越闭塞"。他从20世纪80年代中期开始努力摆脱川端文学的影响。但这种摆脱并不那么简单,从结果看有抛弃的部分,也有更深化的部分,也就是从浅层次的模仿转化为在深层次上对川端文学精神的领悟。余华自认为《十八岁出门远行》是他摆脱川端文学影响的第一篇小说。的确，这篇小说一扫他以前小说中的哀伤情调，立意性和象征性都极强。但小说是以第一人称写的，故事情节的推进全部依赖于主人公自"我"的心理和感情变化的细腻描写。因此，在描写手法上很难说抛弃了川端文学的那种细腻风格。他自己也承认说，"由于川端康成的影响，使我在一开始就注重叙述的细部，去发现和把握那些微妙的变化。这种叙述上的训练使我在后来的写作中尝尽了甜头，因为它是一部作品是否丰厚的关键"。

再有，余华作为先锋派作家的标志在于他对暴力和死亡的冷漠的、不动声色的叙述态度上。从直接的契机看，这无疑是受卡夫卡小说的启发，但是与他曾经在医院生活过、当过医生的经历也显然有关系。其实，与川端文学又何尝不存在千丝万缕的联系？余华曾经在比较川端康成和卡夫卡的不同文学倾向后，指出他们的共同之处无论是川端康成，还是卡夫卡，他们都是极端个人主义的作家。他们的感受都是纯粹个人化的，他们感受的惊人之处也在于此。川端康成在《禽兽》的结尾，写到一个母亲凝视死去的女儿时的感受，他这样写："女儿的脸生平第一次化妆，真像是一位出嫁的新娘。"而在卡夫卡的《乡村医生》中，医生看到患者的伤口时，感到有些像"玫瑰花"。这一段话耐人寻味。在此，余华发现了这两个作家在对待死亡和丑恶时都同样表现出超然、因而敢于直视的态度。事实上，日本学者历来认为，川端文学的抒情风格的深处隐藏着"残忍直视的目光"和"冷漠的眼光"。川端文学那清澈见底的哀婉、稍纵即逝的美正是建立在这种敢于直视死亡和丑恶的基础上的。卡夫卡对人性和社会的深刻洞悉也与他直面死亡和丑恶紧密相关。余华在早期阅读川端文学的时候，显然主要被其忧伤般的抒情风格所打动，而在阅读了卡夫卡的作品后，意识深处的种种记忆——自身的经历以及川端文学中的"冷漠的眼光"——才被清晰地唤醒和激活。也就是说，余华通过卡夫卡在更深层次上重新发现了川端文学。

就贾平凹的创作风格看，与川端文学相去较远，但他毫不隐讳自己最喜爱的外国作家就是川端康成，"我喜欢他，是喜欢他作品的味，其感觉，其情调完全是川端式的"。但他也知道川端康成的感觉是无法学到的，"你就是专心仿制，出来就走了味儿！"他要学习的是川端文学的精神。他说，"川端康成作为一个东方的作家，他能将西方现代派的东西、日本民族传统的东西，糅合在一起，创造出一个独特的境界，这一点太使我激动了。读他的作品，始终是日本的味，但作品内在的东西又强烈体现着现代意识。可以说，他的作品给我的启发，才使我一度大量读现代派哲学、文学、美学方面的书，而仿制那种东西才有意识地又转向中国古典文学艺术的学习。到了后来，接触到拉美文学后，这种意识进一步强化，更具体地将目光注视到商州这块土地上"。对于贾平凹来说，商州系列小说是他的创作经由早期追求乡野之美转变到注重将现实性与文化寻根巧妙融合的尝试。表面上看，与川端的飘逸虚幻的文学风格相去并远，但是在有意识地追求将本土文化传统和生活现实巧妙地结合起来这一点上，两者是相通的，正可谓汲取的是川端文学的精神。

莫言对川端文学的接受也没有对具体风格的模仿，而是汲取其精神。创作初期他一直找不到创作的素材，"遵循着教科书里的教导，到农村、工厂里去体验生活，但归来后还是感到没有什么东西好写"。是川端康成《雪国》中描写的秋田狗唤醒了他的灵感：原来狗也可以进入文学！据他回忆，当时他已经顾不上把《雪国》读完，放下书，就抓起了自己的笔，写出了这样的句子，"高密东北乡原产白色温驯的大狗，绵延数代之后，很难再见一匹纯种"。这是他的小说中第一次出现"高密东北乡"这个字眼。这篇小说就是后来赢得过台湾联合文学奖并被翻译成多种外文的《白狗与秋千架》。从此以后，他高高地举起了"高密东北乡"这面大旗，就像一个草莽英雄一样，开始了招兵买马、创建王国的工作。

在语言风格方面，这两个作家也有许多可比之处。学者一般认为，莫言的作品采用一种重视感觉的叙述态度。在描述中，心理的跳跃、流动、联想，大量的感官意象奔涌而来，创造出一个复杂的、色彩斑斓的感觉世界。这一叙述风格的形成原因是多方面的，但其中一个重要因素与川端文学的影响、以及当时评论界的引导有关。众所周知，川端康成的文体是一种相当感性化的表达方法，尤其以莫言读过的《雪国》的开头部分最为典型。莫言从中受到影响理应在情理之中。然而更值得注意的是评论界的引导。莫言的《透明的红萝卜》、《爆炸》一发表，即刻受到广泛关注，被认为"感觉是超常的，甚至有点像日本的新感觉派，新感觉主义，很细微"。翻看80年代中后期有关莫言作品的评论，会发现评论家们大都把目光聚焦在他的这种感觉化的表达方法上，并大加褒扬，这并不奇怪。如前文所述，学界恰好在这一时期重新评价了三十年代的中国新感觉派文学，并正热烈展开小说技巧的理论探讨。因此，共同的学术环境使得他们拥有了相近的问题意识和把握问题的角度。有论者说："给我印象很深的是莫言,在我读他的作品时,总会联想起川端康成或横光利一。他们对视觉效应(特别是色彩)的侧重惊人的相似,对超常感觉也有强烈的兴趣,我相信,随着感觉小说的崛起,日本新感觉派的作家对我们文学的影响,将会表现得更为普遍和深刻"。又有学者说"由于莫言小说立足于表象、感觉等新的小说表现范围,因而也导致了新的物我关系的建设。在这里,物与我,主体与客体,自在与他在,开始失去界限,成为互渗的'共在'"。莫言的"物与我的共在"与川端康成提倡的"物我合一主义"可谓异曲同工。在这样的评论的强力引导下,莫言重视感性化叙述的才能得到极致发挥。莫言回忆说,最早的《透明的红萝卜》完全凭本能操作,到了《红高粱》就是用激情在写作,后来到了《欢乐》和《红蝗》则是疯狂的写作。同样的感性化叙述,川端的更为精致纤细,而莫言的则带有原始野性的生命力,狂放不羁。

在中国文坛,贾平凹、余华和莫言各是"寻根文学"和"先锋派文学"的领军人物,其创作在内容和形式上对传统的小说模式形成了巨大冲击。他们都承认在创作之路的艰难跋涉中曾经得到过川端文学以及新感觉派文学的宝贵启示。可以说,这是继三十年代之后日本新感觉派文学对中国文学创作所产生的第二次大规模影响。当然,由影响转化为创作,其过程既不是单一的,也不是单向性的,包含了诸多复杂因素。从接受的角度看,当然首先是他们对现实生活和小说创作本身产生了疑虑和困惑,然后才在与川端文学的对话过程中,感悟并探索出一套适应各自特色的创作方法来。

参考文献

[1] 胡稹,洪晨晖.关于当前"日本文化"教学和研究存在的若干问题[J].东北亚外语研究,2014,01(19):90-93.

[2] 石广盛.论日本文化的特点及成因[J].长春师范学院学报,2011,10(20):80-83.

[3] 李建民.日本文化与日本"普通国家化"[J].山东理工大学学报：社会科学版,2012(01):290-293.

[4] 宋东亮.日本传统文化的精神特质与历史功能[J].史学月刊,2001(6):148-149.

[5] 家永三郎.日本文化史[M].刘绩生,译.东京:岩波书店,1959.

[6] 胡炳章,胡晨.文化差异与民族和谐发展[J].吉首大学学报：社会科学版,2013,(3):34-39.

[7] 王婧媛.浅议日本对中国文化的吸收[J].黑龙江教育学院学报,2011(4):150-151.

[8] 加藤周一.日本文学史序说[M].叶渭渠,唐月梅,译.东京:开明出版社,1995:79-88.

[9] 燕青.日本文学中的传统美学理念[J].雪莲,2015(36):31-32.

[10] 尤忠民.日本文学中的传统美学理念--物哀[J].天津外国语学院学报,2004(6):48-51.

[11] 谭晶华.当今的日本文学与社会[J].译林,2004(1):176-181.

[12] 本尼迪克特（美）.菊与刀[M].吕万和，译.北京:商务印书馆，2009:41.

[13] 贾顺先.儒学对日本企业文化的影响——兼论传统文化与现代化建设的关系[J].四川大学学报：哲学社会科学版,1990(4):23-28.